बड़ी दीदी

बड़ी दीदी

शरत्चन्द्र चट्टोपाध्याय

वाणी प्रकाशन

वाणी प्रकाशन
4695, 21-ए, दरियागंज, नयी दिल्ली 110 002
फ़ोन : +91 11 23273167 फ़ैक्स : +91 11 23275710
शाखाएँ
अशोक राजपथ, पटना 800 004, बिहार
कॉफ़ी हाउस कैम्पस, महात्मा गांधी मार्ग, इलाहाबाद 211 001, उत्तर प्रदेश
महात्मा गांधी अन्तरराष्ट्रीय हिन्दी विश्वविद्यालय, वर्धा 442 001, महाराष्ट्र
सुल्तानिया रोड, मोतिया पार्क, भोपाल 462 001, मध्य प्रदेश
www.vaniprakashan.com
marketing@vaniprakashan.in
sales@vaniprakashan.in

BADI DIDI
by Sharatchandra Chattopadhyaya

ISBN : 978-81-8143-987-1
Novel

पेपरबैक प्रथम संस्करण 2007
पेपरबैक द्वितीय संस्करण 2020

मूल्य : ₹ 199

सिटी प्रेस, दिल्ली-110 095 में मुद्रित

वाणी प्रकाशन का लोगो मक़बूल फ़िदा हुसेन की कूची से

बड़ी दीदी

एक

इस धरती पर एक विशेष प्रकार के प्राणी हैं, जो मानो फूस की आग हैं। वे तत्काल जल उठते हैं और झटपट बुझ भी जाते हैं। उनके पीछे हमेशा एक आदमी रहना चाहिए, जो जरूरत के अनुसार उनके लिए फूस जुटा दिया करे।

जैसे गृहस्थ-घरों की कन्याएं, मिट्टी के दीये जलाते समय उनमें तेल और बाती डालती हैं, उसी तरह वे उसमें एक सलाई भी रख देती हैं। जब दीपक की लौ कुछ कम होने लगती है, तब उस छोटी-सी सलाई की बहुत आवश्यकता पड़ती है। उसी से बत्ती उकसायी जाती है। यदि वह न हो, तो तेल और बाती के होते हुए भी, दीपक का जलना नहीं हो सकता।

सुरेन्द्रनाथ की तबीयत भी बहुत कुछ इसी तरह की है। उसमें बुद्धिबल और आत्मविश्वास सबकुछ है; लेकिन वह अकेला कोई भी काम नहीं कर सकता। जैसे थोड़ा-सा काम वह उत्साहपूर्वक कर सकता है, उसी तरह बाकी काम आलस्य में छोड़कर चुपचाप बैठा भी रह सकता है। इस मौके पर एक आदमी की जरूरत होती है, जो उसे उकसा दे।

सुरेन्द्र के पिता पश्चिम में किसी जगह वकालत करते हैं। बंगाल

से उनका अधिक संबंध नहीं है। वहीं सुरेन्द्र ने बीस वर्ष की उम्र में एम०एस० पास किया—कुछ तो अपने गुणों के कारण, कुछ अपनी विमाता के गुणों के कारण। उसकी विमाता ऐसी सतर्कता से उसके पीछे पड़ी रहती कि अकसर वह नहीं समझ पाता कि उसकी खुद की भी कोई सत्ता है या नहीं। सुरेन्द्र नामधारी कोई स्वतंत्र जीव इस संसार में नहीं—इस विमाता की इच्छा-आज्ञा ही, मनुष्य का रूप धारण करके, सब काम-धंधे—सोना-जागना, पढ़ना-लिखना, पास होना आदि सब करा लेती है। यह विमाता अपनी खुद की संतान के प्रति काफी लापरवाह रहकर भी, सुरेन्द्र की इतनी ज्यादा फिकर करती है, जिसकी कोई सीमा नहीं। उसका खांसना-खखारना भी उसकी निगाहों से नहीं छूटता। इस विमाता की कठोर रखवारी में, सुरेन्द्र ने नाम करने को पढ़ना-लिखना तो सीख लिया, पर आत्मनिर्भरता कतई न सीख सका। उसे अपने-आप पर थोड़ा भी विश्वास न था। उसे कभी भी यह भरोसा न हो सका कि वह कभी भी कोई काम पूरा कर सकता है। उसे कब किस चीज की जरूरत है, या कब उसे क्या करना है—इसके निर्णय के लिए भी वह पूरी तरह किसी भी एक व्यक्ति पर आश्रित रहता। अकसर तो वह ठीक से यह भी निश्चित न कर सकता था कि उसे नींद आ रही है या भूख लग रही है। जब से उसने होश सम्हाला है तब से आज तक पंद्रह वर्ष उसने अपनी विमाता पर आश्रित होकर बिताए हैं। अतः उसके लिए विमाता को बहुत-से काम करने पड़ते हैं। चौबीस घंटे में बाईस घंटे तिरस्कार, फटकार, उलाहने तो थे ही, इनके सिवा इम्तहान के सालभर पहले से ही, सारी रात, उसे जगाए रखने के लिए उसे खुद अपनी नींद और सुख-चैन त्याग देना पड़ता था। भला अपनी सौत की संतान के लिए कौन इतना करता है! मुहल्ले-टोले के लोग एक सांस में भी राय-गृहिणी की तारीफ करते नहीं थकते थे।

सुरेन्द्र के लिए उसके कार्यक्रम में, कभी एक भी गलती न होती थी। कभी तिरस्कार व लांछना के कारण सुरेन्द्र की आंखें व मुंह अगर लाल हो जाते, तो राय-गृहिणी उसे बुखार का पूर्व-लक्षण समझकर, उसके लिए तीन दिन के लिए साबूदाना का प्रबंध कर देती। उसकी मानसिक उन्नति और शिक्षा के लिए उनकी नजर और भी पैनी थी। सुरेन्द्र के शरीर पर साफ और आधुनिक ढंग के कपड़े देखकर वह समझ लेती कि यह शौकीन रुचि का है, बाबू बनकर रहना चाहता है, तो तत्काल ही दो-तीन हफ्ते के लिए धोबी आदि का प्रबंध कर देती।

इसी तरह सुरेन्द्र के दिन बीत रहे थे। इसी प्रकार की स्नेहपूर्ण सतर्कता के बीच, कभी-कभी उसके मन में आता कि यह जीवन बचाकर रखने के लिए नहीं है; फिर कभी-कभी सोचता—शायद सभी का जीवन शुरू में ऐसा ही बीतता है; लेकिन कभी-कभी आसपास के लोग उसके पीछे लगकर उसके दिमाग में कुछ और ही बातें ठूंस देते।

एक दिन यही हो गया। उसके एक मित्र ने आकर उसे सलाह दी कि अगर तुम जैसा तीव्र बुद्धि का लड़का विलायत जा सके, तो भविष्य में उसे उन्नति का बहुत मौका मिलेगा और स्वदेश आकर वह बहुत-से अपने लोगों का बहुत-सा लाभ कर सकता है। यह सलाह सुरेन्द्र को बुरी न लगी। उसे लगा कि जंगल के पक्षी के मुकाबले में, पिंजड़े में बंद पक्षी ही अधिक फड़फड़ाता है। सुरेन्द्र की कल्पना की आंखों के सामने एक खुला वातावरण व नया प्रकाश दिखाई देने लगा, और उसके पराधीन प्राण, पिंजरे में बंद पक्षी की तरह फड़फड़ाने लगे।

अपने पिता के पास पहुंचकर उसने कहा कि चाहे जैसे भी हो, मेरे विलायत जाने का प्रबंध होना ही चाहिए। उसने पिता को समझाया भी कि इसी में हर तरह की उन्नति है। पिता ने कहा कि अच्छा सोचूंगा। लेकिन घर की मालकिन की इच्छा बिलकुल इसके विपरीत थी। वह

पिता-पुत्र के बीच आंधी की तरह आई और इस तरह ठठाकर हंसी कि दोनों ही चकित रह गए।

गृहिणी बोली—'तो फिर मुझे भी विलायत भेज दो, नहीं तो वहां सुरेन्द्र को कौन सम्हालेगी? जिसे इतनी भी समझ नहीं कि कब क्या खाना होता या कब क्या पहनना होता है, उसे तुम विलायत अकेले भेज रहे हो? घर के घोड़े व बैल भी इतना समझते हैं कि उन्हें कब भूख लगी है; पर तुम्हारा सुरेन्द्र तो इतना भी नहीं समझता!' इतना कहकर वे फिर हंसने लगीं।

हंसी का यह झरना देखकर राय महाशय तनिक लज्जित ही हुए। सुरेन्द्र ने मन-ही-मन सोचा कि इस अकाट्य दलील के आगे किसी प्रकार की पैरवी नहीं चल सकती। अतएव विलायत जाने की आशा ही उसने छोड़ दी। यह बात सुनकर उसका वह सलाहकार मित्र बहुत ही दुखी हुआ। बेचारा यह भी न बता सका कि विलायत जाने का और भी कोई तरीका है या नहीं! लेकिन अंत में उससे कहा कि इस प्रकार की दासता में पड़े रहने से तो अच्छा यही है कि भीख मांगकर ही खाया जाए! और यही तय हुआ कि जो आदमी इस सम्मान से एम०ए० पास कर सकता है, वह अपना पेट पालने के लिए किसी का आश्रित नहीं रह सकता।

घर आकर सुरेन्द्र यही बात सोचने लगा। फिर वह जितना ही सोचता, मित्र की बात उसे उतनी ही ठीक समझ में आती। तो भीख मांगकर खाना ही अच्छा है! सभी लोग अपनी इच्छा से विलायत तो नहीं जा सकते, लेकिन इस तरह जीवन और मृत्यु के बीच रहकर भी सबों को दिन नहीं बिताने पड़ते।

इसी निश्चय के अनुसार, एक दिन गहरी रात में सुरेन्द्र स्टेशन पहुंचा और टिकट कटाकर कलकत्ता की गाड़ी पर सवार हो गया।

डाक से उसने पिता के पास चिट्ठी भेज दी कि वह कुछ दिनों के लिए स्वेच्छा से घर छोड़ रहा है। बेकार ही उसकी खोज करने से कोई फायदा न होगा, क्योंकि अगर उसका पता लग भी गया, तो भी वह घर लौटेगा—ऐसी सम्भावना नहीं है।

राय महाशय ने गृहिणी को वह पत्र दिखा दिया। बोले—'देखो, अब सुरेन्द्र बड़ा हो गया; पढ़-लिख भी चुका है। अब उसके पंख निकल रहे हैं। अब भी वह न उड़ेगा, तो भला कब उड़ेगा?'

फिर भी उसकी तलाश की गई। कलकत्ता में जो भी जान-पहचान के लोग थे, उन्हें चिट्ठी लिखी गई। लेकिन कोई फल न निकला। कहीं भी, किसी को सुरेन्द्र का पता न लगा।

दो

कलकत्ता पहुंचकर, जन-कोलाहल से भरी सड़कों पर सुरेन्द्र घबरा गया। वहां न तो डांट-फटकार लगाने वाला कोई था, न कोई दिन-रात शासन करने वाला था। मुंह सूख जाने पर कोई देखने वाला न था। मुंह भारी होने पर भी कोई ध्यान न देता। यहां अपने-आप ही अपने को देखना पड़ता था। यहां भीख भी मिल जाती है। करुणा भी मिल जाती है। रहने को जगह भी है। सिर्फ अपनी कोशिश चाहिए। कोई अपमी ही इच्छा से किसी के बीच नहीं आता।

यहां आकर ही पहले-पहल उसे यह ज्ञान हुआ कि जीने का प्रयत्न भी खुद को ही करना पड़ता है। आश्रय के लिए खुद ही जगह ढूंढ़नी पड़ती है; और नींद व भूख में भी अंतर है।

अपना घर छोड़े कई दिन हो गए। गली-गली मारे फिरने से उसका शरीर बहुत शिथिल हो गया था, और पास के रुपए भी खतम

हो गए थे। शरीर के कपड़े भी गंदे होकर फट गए थे। रात को सोने का भी कहीं ठिकाना नहीं था। सब सोचकर सुरेन्द्र की आंखों में पानी भर आया। घर चिट्ठी भेजने की हिम्मत नहीं पड़ती। बहुत शरम आती है। और इससे भी बढ़कर, जब उसे अपनी विमाता का चेहरा याद आता तो घर जाने की इच्छा शायद ही होती। वह यह सोचकर ही डर जाता कि वह कभी वहां था।

एक दिन अपने ही जैसे एक दरिद्र को अपने पास देखकर उसने कहा—'क्यों भाई, यहां तुम लोग कैसे खाते-पीते हो?'

वह आदमी भी मूर्ख ही था, अन्यथा वह सुरेन्द्र की अवश्य ही हंसी उड़ाता, पर उसने कहा—'नौकरी करके खाते हैं। भला कलकत्ते में काम की क्या कमी!'

सुरेन्द्र ने पूछा—'क्या मुझे भी नौकरी दिलवा सकते हो?'

'तुम क्या काम जानते हो?'

सुरेन्द्र तो बताने लायक कोई भी काम नहीं जानता था। अतः चुपचाप सोचने लगा कि क्या बतावे। फिर उसी आदमी ने पूछा—

'तुम भले घर के लड़के हो न?'

उत्तर में सुरेन्द्र ने सिर हिला दिया।

'तो लिखना-पढ़ना क्यों नहीं सीखा?'

'सीखा तो है।'

'तो फिर इस बड़े मकान में, भीतर चले जाओ। इसमें एक बहुत बड़े जमींदार रहते हैं। वे तुम्हारा कोई-न-कोई प्रबंध कर ही देंगे।' इतना कहकर वह चला गया।

सुरेन्द्र उस बड़े मकान के फाटक पर गया। कुछ देर वह खड़ा सोचता रहा। फिर जरा पीछे हटा। फिर एक बार आगे बढ़ा, फिर पीछे हट गया। फिर उस दिन कुछ न हो सका। दूसरा दिन भी इसी तरह

बीता। दो दिनों तक जुटायी हिम्मत को समेटकर आखिर वह भीतर गया। सामने ही एक नौकर खड़ा था। उसने पूछा—'क्या चाहते हो जी?'

'जरा बाबू साहब से....।'

'बाबू साहब घर पर नहीं हैं।'

सुरेन्द्रनाथ जैसे प्रसन्न हो गया। जैसे किसी कठिन काम से उसे मुक्ति मिल गई हो। बाबू साहब घर पर नहीं हैं। नौकरी की बात...., अच्छा हुआ कि दुःख की कहानी नहीं कहनी पड़ी। यही तो उसके आनंद की बात थी। दूने उत्साह से लौटकर, उसने दूकान पर बैठकर भरपेट खाना खाया। काफी देर तक वह बड़ी प्रसन्नता से इधर-उधर घूमता रहा; मन-ही-मन बड़ी देर तक यह अभ्यास करता रहा कि कल क्या बात कहनी होगी; क्या बातचीत करनी होगी कि उसका कुछ ठिकाना लग जाए।

लेकिन दूसरे दिन वह जोश मर गया था। जैसे-जैसे वह उस मकान के पास जाता, वैसे-ही-वैसे उसकी लौटने की इच्छा हो रही थी। आखिर में फाटक के पास आकर वह बिलकुल ही हिम्मत हार गया। जैसे उसके पांव किसी भी तरह भीतर नहीं जाना चाहते थे। यह बात वह किसी तरह भी अपने को न समझा सका कि वह अपने लिए ही तो आया है। लगता था जैसे किसी ने जबरदस्ती उसे यहां भेज दिया है। कुछ भी हो, दरवाजे पर यों खड़ा रहकर वह और उम्मीदवारी नहीं करेगा। इसलिए वह भीतर पहुंच गया। उसी नौकर से फिर भेंट हो गई। उसने फौरन कहा—'बाबू साहब घर पर हैं। उनसे भेंट करोगे?'

'हां।'

'अच्छा, तो चलो।'

यह तो और भी मुश्किल हो गई। जमींदार साहब का इतना बड़ा मकान है। खूब कायदे से, साहबी ढंग की सजावट है। एक के बाद

एक कमरे, संगमरमर की सीढ़ियां, हर कमरे में झाड़-फानूस और ऊपर से लाल कपड़े का गिलाफ। दीवारों पर लगे ये बड़े-बड़े शीशे, जाने कितनी तस्वीरें। दूसरों को यह चीजें चाहे जैसी लगें पर सुरेन्द्र के लिए नई न थीं। उसके बाप का घर भी किसी दरिद्र की कुटिया न थी। चाहे जो भी हो, पर वह किसी दरिद्र पिता की छत्रछाया में इतना बड़ा नहीं हुआ। सुरेन्द्र सोच रहा था कि वह जिस आदमी से भेंट करके उससे जो भी अनुनय-विनय करने जा रहा था, वे कुछ पूछेंगे, तो वह क्या उत्तर देगा?

लेकिन इतना सब सोचने का यह समय भी न था। मकान के मालिक सामने ही थे। सुरेन्द्र को देखते ही बोले–'क्या काम है?'

आज तीन दिनों से सुरेन्द्र यही बात सोच रहा था, पर इस समय जैसे वह सब कुछ भूल गया। बोला–मैं....मैं....।'

पूर्वी बंगाल के जमींदार थे ब्रजनाथ लाहिड़ी। उनके सिर के थोड़े बाल भी पक गए थे। वे समय से पहले नहीं, ठीक उम्र में पके थे। वे बड़े आदमी हैं। इसी से वे फौरन ही सुरेन्द्र की बात समझ गए। पूछा–'क्या चाहते हो?'

'मुझे कोई....।'

'क्या?'

'नौकरी....।'

ब्रजनाथ बाबू मुस्कराए, फिर कहा–'तुमसे किसने कह दिया कि मैं नौकरी दे सकता हूं?'

'रास्ते में एक आदमी मिला था। उससे पूछा, तो उसने आप ही के बारे में....।'

'ठीक है। तुम्हारा घर कहां है?'

'पश्चिम में।'

'वहां तुम्हारे कौन-कौन हैं?'

सुरेन्द्र ने सब बातें बता दीं।

'तुम्हारे बाप क्या करते हैं?'

अपनी आज की स्थिति की हीनता के कारण, सुरेन्द्रनाथ ने एक नया तरीका अपना लिया था। कुछ अटकते हुए उसने कहा—'छोटी-मोटी नौकरी करते हैं।'

'लेकिन उससे काम नहीं चलता। इसलिए तुम भी कमाना चाहते हो, क्यों?'

'जी हां।'

'तो यहां कहां रहते हो?'

'कोई ठीक-ठिकाना नहीं है। यही, जहां-तहां।'

ब्रजनाथ बाबू को दया आ गई। सुरेन्द्र को बैठाकर कहा—तुम अभी बच्चे ही हो। इसी उम्र में तुम्हें घर छोड़ना पड़ा, यह जानकर दुःख हुआ। लेकिन मैं खुद तो तुम्हें कोई नौकरी नहीं दे सकता पर कोई-न-कोई उपाय करूंगा कि तुम्हारा कुछ बंदोबस्त हो जाए।'

फिर ब्रजनाथ बाबू ने देखा कि यह सुनकर ही सुरेन्द्र—'अच्छा' कहकर चला जा रहा है, तो उन्होंने उसे बुलाकर कहा—'तुम्हें क्या और कुछ नहीं पूछना?'

'जी नहीं!'

'तो क्या तुम्हारा काम हो गया? क्या यह भी जानने-समझने की जरूरत नहीं समझी कि मैं तुम्हारे लिए क्या उपाय कर सकता हूं। और कब करूंगा?'

सुरेन्द्र चुपचाप खड़ा रहा।

ब्रज बाबू ने हंसकर पूछा—'अब कहां जाओगे?'

'किसी दूकान पर।'

'क्या वहीं भोजन करोगे?'

'हां, रोज करता हूं।'

'तुमने कहां तक लिखाई-पढ़ाई की है?'

'योंही थोड़ी-बहुत....।'

'मेरे लड़के को पढ़ा सकते हो?'

'जी हां, पढ़ा सकता हूं।'

ब्रज बाबू फिर हंस पड़े। वे समझ गए कि दुःख व दरिद्रता के कारण इसका दिमाग ठिकाने पर नहीं है। क्योंकि यह जाने बिना ही कि किसे पढ़ाना होगा और क्या पढ़ाना होगा, यह इतना प्रसन्न हो गया—यह भी पागलपन ही है। उन्होंने पूछा—'अगर वह बी०ए० में हो, तो भी पढ़ा सकोगे?'

सुरेन्द्र ने खुश होकर कहा—'हां, पढ़ा लूंगा।'

फिर ब्रज बाबू ने और कुछ नहीं कहा—नौकर को बुलाकर कहा—'बंकू, इनके रहने की जगह ठीक कर दो। फिर भोजन आदि का भी प्रबंध कर दो।' फिर सुरेन्द्र से कहा—'संध्या को मैं तुम्हें बुलाऊंगा। तुम यहीं रहो। जब तक तुम्हें नौकरी न मिले, यहां रह सकते हो।'

दोपहर को जब ब्रज बाबू भोजन करने गए, तो अपनी बड़ी लड़की माधवी को बुलाकर कहा—'बेटी, एक गरीब आदमी को रहने के लिए घर में ही जगह दे दी है।'

'कौन है वह, बाबूजी?'

'गरीब आदमी है। इसके अलावा और तो मैं कुछ नहीं जानता। कुछ लिखा-पढ़ा भी है। क्योंकि जब तुम्हारे बड़े भैया को पढ़ाने की बात कही, तो उसने स्वीकार ही कर लिया। जो बी०ए० क्लास के लड़के को पढ़ाने की हिम्मत रखता है, वह कम-से-कम तेरी छोटी बहिन को तो जरूर ही पढ़ा लेगा। मैं सोचता हूं कि प्रमिला के लिए यह ठीक

ही मास्टर होगा।'

माधवी ने कोई आपत्ति न दिखाई।

शाम को सुरेन्द्र को बुलाकर ब्रज बाबू ने यही बात तय कर दी, और दूसरे दिन से सुरेन्द्रनाथ प्रमिला को पढ़ाने लगा।

प्रमिला सात वर्ष की है। वह अभी 'बोधोदय' पढ़ती है। अपनी बड़ी बहन माधवी से अंग्रेजी की पहली किताब, 'मेंढक की कहानी' तक पढ़ चुकी है। वह कॉपी, किताब, स्लेट, पेंसिल, तस्वीर–सबकुछ लाकर पढ़ने बैठी।

'डू नॉट मूव'–सुरेन्द्र ने पढ़ाया–'डू नॉट मूव माने हिलो मत।'

प्रमिला ने पढ़ा–'डू नॉट मूव–हिलो मत।'

इसके बाद सुरेन्द्रनाथ अनमना-सा स्लेट खींचकर और पेंसिल हाथ में लेकर उस पर कुछ लिखने लगा। उधर घड़ी में सात के बाद आठ और आठ के बाद नौ बज गए। प्रमिला कभी इस करवट, कभी उस करवट होकर किताब की तस्वीरें उलटती-पलटती रही। कभी वह लेट जाती, कभी उठती, मुंह में लेमन जूस रखकर चूसती। कभी बेचारे मेंढक पर स्याही पोतती और पढ़ती–डू नॉट मूव–हिलो मत।

'मास्टर साहब, हम क्या भीतर जाएं?'

'जाओ।'

उसका सबेरे का समय यों ही कट जाता। लेकिन दोपहर को दूसरा ही कार्यक्रम रहता। बहुत मेहरबानी करके ब्रज बाबू ने सुरेन्द्र की नौकरी का प्रबंध करने के लिए कुछ बड़े आदमियों को चिट्ठी लिखी थीं। सुरेन्द्र वही चिट्ठियां जेब में रखकर घर से निकलता। पता लगाकर, उनके घरों के सामने जा पहुंचता। वहां वह देखता कि मकान कितना बड़ा है, कितनी खिड़कियां व कितने दरवाजे हैं, बाहर कितने कमरे हैं, घर दो-मंजिला है या तिमंजिला, सामने बत्ती का कोई खम्भा है या

नहीं। फिर वह शाम होने के पहले ही घर लौट आता।

कलकत्ता आकर सुरेन्द्र ने कुछ किताबें खरीदीं। घर से भी वह कई पुस्तकें लेता आया था। गैस की रोशनी में वह किताबें पढ़ता। ब्रज बाबू कभी-कभी उससे काम-धंधे की बातें पूछते, तो वह चुप रह जाता या बड़ी हिम्मत करता तो कहता कि उन महाशय से भेंट नहीं हुई।

तीन

लगभग चार साल हुए, जब ब्रज बाबू विधुर हो गए। वृद्धावस्था का दुःख केवल बूढ़े ही समझ सकते हैं। लेकिन छोड़ो इन बातों को! उनकी लाड़ली बेटी माधवी भी तो, इसी सोलह साल की उम्र में अपना पति खो बैठी है। इस बात से ब्रज बाबू के शरीर का जैसे आधा खून ही सूख गया है। उन्होंने बड़ी धूमधाम व ठाट-बाट से, बहुत शौक से अपनी बेटी का ब्याह किया था। वे खुद भी धनी हैं, बहुत धनी; खर्च-वर्च की ओर ध्यान ही नहीं दिया था। लड़का अमीर है या नहीं, इसकी फिक्र नहीं की थी। सिर्फ यही देखा था कि लड़का लिखा-पढ़ा है, रूपवान है, सच्चरित्र है और सुशील है। यही देख-सुनकर उन्होंने माधवी का ब्याह कर दिया था।

जब माधवी सिर्फ ग्यारह साल की थी, तभी उसकी शादी हुई थी। तीन साल वह अपने पति के यहां रही। स्नेह, प्रेम, आदर—उसने सब पाया था। लेकिन बेचारे योगेन्द्र नाथ जीवित न रह सके। बेचारी माधवी के इस जीवन की सभी साधों पर पानी फेरकर तथा ब्रज बाबू की छाती में बरछी घुसेड़कर वे स्वर्ग चले गए। उनकी मृत्यु के समय माधवी बहुत रोई-धोई, तो उन्होंने बड़े कोमल स्वर में कहा था—'माधवी, मुझे केवल इसी बात का बहुत अधिक दुःख है कि मैं तुझे अकेला छोड़े

जा रहा हूं। मैं मर जाऊं, इसमें कोई हर्ज नहीं है। लेकिन यही बात मुझे बहुत कष्ट दे रही है कि अब तुम्हें सारा जीवन तकलीफ उठानी पड़ेगी। मैं तुम्हारा पूरा आदर न कर सका।'

इसके बाद योगेन्द्रनाथ की कमजोर छाती पर आंसुओं की नदी बह चली। माधवी ने उनके आंसू पोंछे और कहा–'मैं अब फिर तुम्हारे ही चरणों में आकर पड़ूंगी, तब सब आदर करना....।'

योगेन्द्रनाथ बोले–'माधवी, अपना जो जीवन तुम मेरे सुखों के लिए समर्पित करतीं, वही जीवन तुम अब सबों के लिए समर्पित करना। जिसे भी तुम कभी भी उदास व दुखी देखना, उसे ही सुख पहुंचाने की कोशिश करना। और मैं क्या कह सकता हूं, माधवी!' इतना कहते वे फिर रो पड़े। माधवी ने फिर उनके आंसू पोंछ दिए। वे बोले–'माधवी, तुम सदा सत्य-पथ पर ही रहना। तुम्हारे ही पुण्य से मैं तुम्हें फिर पा सकूंगा।'

फिर तो माधवी बिलकुल ही बदल गई। गुस्सा, हिंसा, नाराजी–जो भी ऐसी बातें उसमें थीं, उन्हें उसने पति की चिता के साथ स्वाहा कर दिया और सदा के लिए गंगाजल में बहा दिया। इस जीवन में बहुत ज्यादा साध व आकांक्षाएं होती हैं, लेकिन विधवा होने पर सब जैसे सब खो जाती हैं। माधवी अपने पति का स्मरण करती है, सोचती है कि ज़ब वे ही नहीं हैं, तो फिर यह सब क्यों, किसके लिए? किसके लिए वह दूसरों से जले? किसके लिए वह दूसरों को रुलावे? यों यह सब छोटी बातें उसमें कभी भी न थीं, क्योंकि वह बड़े आदमी की बेटी थी। हिंसा, द्वेष, जलन तो उसने कभी न सीखा था।

उसके बाग में बहुत अधिक तरह-तरह के फूल हैं। पहले वह उन फूलों की माला गूंथकर पति को पहनाया करती थी। अब पति तो नहीं हैं; पर उसने फूलों के पेड़ों को कटवाया नहीं। उनमें अब भी पहले ही

की तरह फूल खिलते हैं, लेकिन अब उनकी माला नहीं बनती, बल्कि वे अब मुरझाकर जमीन पर गिर पड़ते हैं। लेकिन कभी-कभी उन फूलों को माधवी अंजुली में भरकर दुखी-दीनों में बांट देती है; जिसके पास नहीं होते, उन्हें दे देती है। इसमें वह कभी कंजूसी नहीं करती। न कभी वह मुंह लटकाती है।

और जिस दिन से ब्रज बाबू की गृहिणी ने परलोक की यात्रा की, उस दिन से वह गृहस्थी जैसे बिखर गई है। सभी लोग अपनी ही चिंता में रहते हैं; कोई किसी पर ध्यान नहीं देता। घर में सभी के लिए अलग-अलग एक-एक नौकर थे और वे नौकर भी सिर्फ अपने-अपने मालिकों की सेवा में लगे रहते थे। रसोइया सबों का भोजन इकट्ठे बनाता और भोज की तरह सभी अपनी-अपनी पत्तल लेकर बैठ जाते। कोई खाना पाता, कोई न भी पाता। दूसरों का कष्ट देखने का कोई कष्ट न करता।

और जिस दिन भादों महीने की बढ़ी हुई गंगा की बाढ़ की तरह, अपना रूप, प्रेम, स्नेह और ममता लेकर माधवी अपने पितृगृह में लौट आई उसी दिन से जैसे सारी गृहस्थी में नए तरह की बहार वाला वसंत लौट आया। सभी का मुंह थकता नहीं कहते-कहते—माधवी, बड़ी दीदी! घर का पालतू कुत्ता भी शाम को एक बार बड़ी दीदी को देखे बिना न रहता। मानो घर के इतने जनों के बीच, उसने भी केवल उसी को स्नेहमयी समझकर चुना था। गृहस्वामी से लेकर मुनीम-गुमाश्ते और नौकर-चाकर भी हर समय बड़ी दीदी के ही बारे में सोचते और उसकी बोली पर निर्भर रहते। कारण चाहे जो भी हो, पर सभी अलग-अलग सोचते कि बड़ी दीदी पर उसी का खास दावा है।

स्वर्ग का कल्पवृक्ष न तो किसी ने देखा है, न कभी देख सकता है, इसलिए उसकी चर्चा ही बेकार है; परंतु ब्रज बाबू की गृहस्थी के हर सदस्य ने, अपनी समझ से एक कल्पवृक्ष पा लिया है। उसी के नीचे,

हंसते हुए जाकर हाथ फैलाते हैं।

ऐसे स्नेहपूर्ण परिवार के बीच में, सुरेन्द्र नाथ को एक नए तरह से जीवन बिताने का रास्ता दिखाई पड़ा। जब उसने देखा कि घर के सभी लोगों ने सभी तरह का भार इन्हीं आदमियों पर छोड़ रखा है, तो वह भी उन्हीं में शामिल हो गया। लेकिन औरों की अपेक्षा उसकी धारणा भिन्न थी। वह समझता कि बड़ी दीदी नाम की कोई चल वस्तु घर में है, जो सबको देखती है, सभी के नखरे सहती है, और जिस चीज की जरूरत होती है, पूरी करती है। पहले तो उसने यह जरूरी समझा था कि कलकत्ता की सड़कों पर घूम-घूमकर अपने लिए अपने-आप चिंता करे; लेकिन यहां आकर तो वह जैसे अपने जीवन के बारे में चिंता करने की बात भूल ही गया था।

धोती, कुरता, छड़ी, छाता, जूता—उसे जो भी चाहिए, सब मिलता। रूमाल तक जैसे कोई तह कर रख गया हो। देखकर उसे ताज्जुब होता और पूछता—'यह सब चीजें कहां से आईं?'

उत्तर मिला—'बड़ी दीदी ने भेजा है।'

नाश्ते की तश्तरी को देखकर भी वह समझ लेता कि उसे भी बड़ी दीदी ने ही, अपने ही हाथों सजाया होगा।

एक दिन गणित पढ़ाते समय उसे कम्पास की जरूरत पड़ी। उसने प्रमिला से कहा—'प्रमिला, बड़ी दीदी से कम्पास मांग लाओ।'

बड़ी दीदी को भला कम्पास से क्या मतलब! उसके पास न था, पर फौरन ही आदमी भेजकर उसने दूकान से मंगा दिया; और जब शाम को सुरेन्द्र नाथ घूम-घामकर आया, तो पाया कि टेबल पर कम्पास रखा था। दूसरे ही दिन प्रमिला ने सबेरे कहा—'मास्टर साहब, कल बड़ी दीदी ने यह भेज दिया।'

फिर तो कभी-कभी वह एक-आध चीज ऐसी मांग बैठता कि

माधवी झंझट में फंस जाती। बेचारी बहुत झंझट उठाती, तब कहीं बात बनती। लेकिन किसी चीज के लिए वह कभी इंकार न करती।

अथवा कभी अचानक ही प्रमिला से कहा बैठता—'जाकर बड़ी दीदी से पांच पुरानी धोतियां मांग लाओ। भिखारियों को देनी हैं।' पुरानी धोतियां छांटकर रखने के लिए भला माधवी के पास समय कहां था, सो वह अपने पहनने की ही पांच धोतियां दे देती; और ऊपर की खिड़की से झांककर देखती कि चार-पांच भिखारी प्रसन्नता से जाते रहते, जिन्हें कपड़े मिले होते थे।

माधवी को रोज ही इस प्रकार के अनेक स्नेहपूर्ण झंझट उठाने पड़ते। लेकिन धीरे-धीरे वह भी इन सबकी आदी हो गई और अब उसे कभी ऐसा न लगता कि कोई बाहरी आदमी घर के नित्य के जीवन में उपद्रव करने आ गया है।

इतना ही नहीं, इस नए आदमी के लिए माधवी बहुत ही सतर्क रहती। पूछताछ भी रखती। अगर वह अपनी जरूरत की चीजें मांगता तो शायद कोई झंझट न होती; पर वह कभी अपने लिए तो कुछ मांगता ही न था, यही झंझट की बात थी। पहले तो माधवी सुरेन्द्र का स्वभाव न समझ सकी। सबेरे की चाय ठण्डी हो जाती, पर वह न पीता। नाश्ता छूने का भी उसे जैसे ध्यान न रहता। कभी-कभी उसका नाश्ता कुत्ते के भाग में ही पड़ता। वह खाने बैठता, तो खाने की चीजों के लिए कोई दिलचस्पी ही न दिखाता। कुछ हटा देता, कुछ गिरा देता, कुछ नीचे छिपा देता; गोया उसे कुछ अच्छा न लगता। दास-दासी आकर बताते—'मास्टर तो जैसे पगला है; न कुछ देखता है, न जानता है; सिर्फ किताबों में सिर गाड़े रहता है।'

कभी-कभी ब्रजनाथ बाबू पूछते कि नौकरी का कुछ ठीक-ठाक हुआ कि नहीं? सुरेन्द्र भी कुछ वैसा ही उत्तर दे देता। माधवी अपने

पिता से यह सब सुनती; और उसने जो कुछ समझा, वह सिर्फ यही था कि मास्टर साहब नौकरी के लिए बिलकुल फिकर नहीं करते, शायद चाहते भी नहीं। जो मिल रहा है, लगता है कि उसी से संतुष्ट हैं।

सबेरे दस बजते ही बड़ी दीदी खाना खाने का तकादा भेज देती, और अगर ठीक से खाना न खाया, तो बड़ी दीदी की प्रतिनिधि बनकर प्रमिला आकर शिकायत कर जाती। बहुत रात तक अगर किताब खोलकर पढ़ाई होती, तो नौकर आकर बत्ती बुझा जाता। बहुत कहने, मना करने पर भी वह न सुनता। कहता—'बड़ी दीदी की आज्ञा है न!'

एक दिन हंसते हुए माधवी ने अपने पिता से कहा—'बाबूजी, यह तो जैसी प्रमिला है, वैसे ही उसके मास्टर साहब भी हैं।'

'क्यों, क्या हुआ बेटी?'

'दोनों ही तो अभी बच्चे हैं न! जैसे प्रमिला अभी तक नहीं समझती कि उसे कब किस चीज की जरूरत है, या क्या खाना और कब सोना चाहिए, या क्या कब करना उचित है—उसके मास्टर भी बिलकुल वैसे ही हैं! अपना कुछ भी भला-बुरा नहीं जानते, न समझते हैं। और कभी तो असमय में किसी ऐसी चीज की भी मांग कर बैठेंगे, कि होश-हवास दुरुस्त रखकर कोई उसे नहीं मांग सकता।'

ब्रजनाथ बाबू की समझ में उसकी बात न आई। वे उसके मुंह की ओर ही ताकते रहे।

माधवी ने हंसते हुए कहा—'क्या तुम्हारी बेटी को इतनी अकल है कि वह समझ सके कि कब उसे किस चीज की जरूरत है?'

'नहीं, नहीं समझती।'

'और समय का ख्याल किए बिना ही उगद्रव भी करती है?'

'हां, सो भी करती है।'

'तो समझिए कि उसके मास्टर साहब भी यही करते हैं।'

हंसते हुए ब्रजनाथ बाबू ने कहा—'लगता है कि कुछ-कुछ पगला है!'

माधवी भी यही जानती थी, यही समझती थी। सुरेन्द्र खुद तो अपना कभी एक भी काम नहीं कर पाता, सदा दूसरों के सहारे ही रहता है। उसके काम तो कोई दूसरा कर दे तो हो जाएं। दूसरा न करे, तो न होंगे। उसकी इसी असमर्थता ने तो उसे माधवी के करीब पहुंचा दिया था। माधवी इसे उसका स्वभाव समझती थी। उसके खान-पान के नए तरीके ने तो माधवी को और भी चकित कर रखा था। कोई भी, किसी भी तरह का खाना उसे आकर्षित न कर सकता। किसी भी चीज को खाकर वह कभी तृप्ति-भाव न दिखाता, जैसे उसे कुछ भी रुचता न हो। बूढ़ों की तरह यह वैराग्य, बालकों की तरह कोमलता व सरलता तथा पागलों की तरह सबकी उपेक्षा कि कोई खाने को दे दे तो खा ले, न दे तो न खाए—यही सब माधवी को बहुत रहस्यमय लगता और उसे चकित किए था। माधवी के मन-ही-मन में उसके प्रति एक अज्ञात करुणा उपज गई और उसकी करूणापूर्ण नजर मास्टर साहब पर नित्यप्रति रहने लगी। वह शरम व संकोच कहीं देखता न था, यह बात न थी; पर शायद कहीं कुछ देखने की उसे जरूरत ही न रही हो, इसी से वह कहीं कुछ नहीं देखता। लेकिन जब कभी उसे कुछ जरूरत होती है, तब वह समय-असमय कुछ भी नहीं देखता। सीधे उसकी प्रार्थना पहुंच जाती है बड़ी दीदी तक। तब माधवी मुस्कराती; सोचती कि इतना बड़ा हो गया लेकिन अभी बिलकुल बच्चा है!

चार

माधवी की एक सखी है—मनोरमा। बहुत समय से उसकी कोई चिट्ठी नहीं मिली थी, इससे वह बहुत खीझ गई थी। आज तीसरे पहर बहुत

मेहनत करके कुछ समय बटोरकर, माधवी उसे चिट्ठी लिखने बैठ गई। तभी कहीं से आकर प्रमिला ने पुकारा–'बड़ी दीदी!'

सिर उठाकर पूछा माधवी ने–'क्या है रे?'

प्रमिला बोली–'मास्टर साहब का चश्मा खो गया है। एक चश्मा चाहिए।'

माधवी को हंसी आ गई। बोली–'जाकर अपने मास्टर से पूछो कि मैंने चश्मों की कोई दूकान खोल रखी है क्या?'

प्रमिला जवाब कहने को भागी, तभी माधवी ने फिर पुकारा–'कहां जाती है रे!'

'मास्टर साहब से कहने, जो तुमने कहा है।'

'अरे जा, मुनीमजी को बुला ला।'

प्रमिला जाकर मुनीमजी को बुला लाई। माधवी ने आज्ञा दे दी–'सुना आपने? मास्टर साहब का चश्मा खो गया है। उनके लिए एक अच्छा-सा चश्मा मंगा दीजिए।'

और जब मुनीमजी चले गए, तो उधर से मन हटाकर, माधवी फिर मनोरमा को चिट्ठी लिखने लगी। उसने यही सब उसे भी लिख दिया–

'प्रमिला को पढ़ाने के लिए बाबूजी ने एक मास्टर रखा है। उसे बड़ा भी कह सकते हैं, और छोटा बच्चा भी। लगता है, जैसे वह कभी अपने घर से बाहर न गया हो! दुनिया को तनिक भी नहीं पहचानता! अगर उस पर बराबर नजर न रखी जाए और खोज-खबर न ली जाए, तो एक दिन भी उसका काम नहीं चल सकता। मेरा तो बहुत अधिक समय वह छीन लेता है। तुम्हें भी कैसे चिट्ठी लिखती। अगर तुम इधर जल्दी ही आईं तो तुम्हें वह निकम्मा आदमी दिखलाऊंगी। ऐसा आदमी तुमने कभी न देखा होगा! खाने को दिया जाए, तो खा लेगा; नहीं तो उपवास ही कर लेगा। शायद दिनभर में वह कभी नहीं सोचता कि उसने भोजन

किया है या नहीं! वह अपने-आप एक दिन भी अपना काम नहीं चला सकता। कभी-कभी मैं सोचती हूं कि ऐसे लोग घर से बाहर जाते क्यों हैं! सुना है कि उसके मां-बाप भी हैं। लेकिन शायद उनके दिल पत्थर के ही होंगे, नहीं तो ऐसे लड़के को भला आंखों से दूर रखा जा सकता है क्या?'

मनोरमा ने मजाक के ढंग से उत्तर में लिखा—'तुम्हारी चिट्ठी में बहुत-से समाचार मिले; साथ ही यह भी पता लगा कि तुमने अपने घर में एक बंदर पाल लिया है, और शायद उसके लिए तुम सीताजी हो! लेकिन इतने पर भी मैं तुम्हें आगाह व सावधान किए दे रही हूं इति—मनोरमा।'

पत्र पढ़कर माधवी को थोड़ी लज्जा-सी आई। उसने फिर उत्तर में लिखा कि तू तो मुंहजली है, नहीं तो यह तो जानती ही कि मेरे हाथ कैसा मजाक करना चाहिए।

माधवी ने प्रमिला से पूछा—'कहो, तुम्हारे मास्टर का चश्मा कैसा रहा?'

प्रमिला बोली—'अच्छा रहा!'

'तुम्हें कैसे मालूम?'

'वह चश्मा लगाकर तो मास्टर साहब खूब अच्छी तरह पढ़ते हैं।'

'क्या उन्होंने कुछ कहा नहीं?'

'नहीं, कुछ भी नहीं!'

'क्या कुछ नहीं? अच्छा-बुरा कुछ भी नहीं?'

'नहीं, कुछ भी नहीं!'

यह सुनकर माधवी का मन जाने क्यों थोड़ा-सा उदास हो गया। लेकिन उसके फौरन ही हंसते हुए कहा—'कहना कि फिर न कहीं चश्मा खो दें!'

'अच्छा!'

'पगली! क्या कहेगी? सब बात नहीं कहते। वह जाने मन में क्या ख्याल करें!'

'तो क्या कुछ न कहूं?'

'नहीं!'

माधवी के एक भाई भी है, शिवचंद्र। उसी से एक दिन माधवी ने कहा—'क्यों, क्या जानते हो, प्रमिला के मास्टर दिन-रात क्या पढ़ते हैं?'

शिवचंद्र बी०ए० का विद्यार्थी था। प्रमिला के मास्टर-जैसों को वह अपने आगे भला क्या समझता, सो बहुत उपेक्षा से बोला—'उपन्यास-कहानी पढ़ता होगा, और क्या पढ़ेगा!'

पर माधवी ने यह न माना। उसने प्रमिला को सिखाकर, सुरेन्द्रनाथ की एक किताब मंगवा ली और शिवचंद्र को दिखाकर बोली—'देखो न, मुझे तो यह उपन्यास-कहानी नहीं लगती!'

शिवचंद्र ने भी किताब उलट-पलटकर देखी। पर वह उसका एक अक्षर भी नहीं समझ सका। वह समझा कि गणित की किताब होगी! फिर बहन के सामने वह अपना सम्मान भी नहीं गिराना चाहता था, सो उसने बताया कि 'गणित की ही किताब है, जो छोटे दर्जों में पढ़ाई जाती है।'

माधवी को इसमें शक था, सो पूछा—'क्या यह बड़े दर्जों की नहीं है? क्या कॉलेज में पढ़ाई नहीं जाती?'

दृढ़ता से शिवचंद्र ने कहा—'नहीं, बिलकुल नहीं!'

फिर उसी दिन से शिवचंद्र सुरेन्द्रनाथ के सामने जाने से कतराने लगा और सदा ही डरता कि कहीं सुरेन्द्रनाथ उससे कोई सवाल न पूछ ले कि उसका भेद ही खुल जाए और उसे भी, प्रमिला के साथ मास्टर साहब से पढ़ना पड़े।

कई दिनों बाद माधवी ने अपने पिता से कहा—'बाबूजी, थोड़े

दिनों के लिए मैं काशी जाना चाहती हूं।'

ब्रज बाबू चिंता में पूछ बैठे–'यह क्यों बेटी? अगर तुम काशी चली जाओगी तो इस गृहस्थी का क्या होगा?'

माधवी ने फिर कहा–'मैं जल्दी ही तो लौटूंगी! कोई हमेशा के लिए तो जा नहीं रही!'

सुनकर ब्रज बाबू की आंखों में पानी भर आया। माधवी समझ गई कि उसने शायद अनुचित बात कही है, तो बात बनाने के लिए वह बोली–'सिर्फ कुछ दिन घूमने के लिए जाऊंगी।'

'तो जा बेटी! पर यह गृहस्थी न चल सकेगी!'

'क्या मेरे बिना गृहस्थी नहीं चलेगी?'

'चलेगी क्यों नहीं बेटी, चलेगी ही! पर पतवार टूट जाने पर जिस तरह नाव बहाव के सहारे ही बढ़ती है, उसी तरह यह भी चलेगी!'

माधवी की काशी-यात्रा बहुत जरूरी थी। उसकी एक विधवा ननद, वहीं अपने एकलौते पुत्र को लेकर रहती हैं और उनसे एक बार भेंट करना जरूरी था।

काशी-यात्रा के दिन उसने सबों को बुलाकर गृहस्थी की जिम्मेदारी सौंप दी। बूढ़ी दासी को बुलाकर पिताजी, भाई व प्रमिला की देख-रेख करने की हिदायत दी। परंतु बेचारे मास्टर के लिए किसी से कुछ न कहा। ऐसा नहीं कि वह भूल गई हो, पर शायद जान-बूझकर नहीं कहा। उस पर माधवी नाराज थी। उसके लिए कितना किया था; लेकिन आज माधवी यात्रा पर जा रही थी, तब भी उस अकर्मण्य, निकम्मे, उदासीन मास्टर ने आकर एक शब्द में धन्यवाद भी नहीं कहा, कृतज्ञता भी न दिखाई। इसीलिए वह मास्टर को बताना चाहती थी कि वह भी कोई चीज है! जरा मजाक ही रहेगा! देखा जाए कि उसके न रहने पर मास्टर के दिन कैसे कटते है? इसीलिए चलते समय उसने सुरेन्द्र के

बारे में किसी से कुछ न कहा।

सुरेन्द्र उस समय गणित में उलझा हुआ था कि प्रमिला ने आकर कहा—'कल रात बड़ी दीदी काशी चली गईं।'

जैसे यह बात सुरेन्द्र नाथ के कानों में ही न घुसी। उसने उस पर कोई ध्यान ही न दिया। लेकिन दो-तीन दिनों में ही उसने परिवर्तन देखा कि अब दस बजे खाने को कोई नहीं बुलाता, कभी-कभी एक या दो भी बज जाते है; स्नान के समय पहले से साफ धुली धोती नहीं मिलती। नाश्ते की तश्तरी भी ठीक से नहीं रहती। रात को बत्ती बुझाने कोई नहीं आता। पढ़ते-पढ़ते रात को दो-तीन बज जाते हैं। फिर सुबह नींद भी जल्दी नहीं खुलती नींद पूरी नहीं होती। दिनभर आंखें सोना चाहती हैं, शरीर भी थका लगता है। तब उसे लगा कि गृहस्थी में जरूर ही परिवर्तन आया है! ठीक भी है, जब आदमी को गरमी लगती है, तो वह पंखा खोजता है। इसी तरह सुरेन्द्रनाथ ने भी पूछा—'कहो प्रमिला, क्या बड़ी दीदी यहां नहीं हैं?'

'नहीं, वह तो काशी गई हैं न!'

'हां, तभी यह सब है!'

दो दिन भी न बीते थे कि उसने फिर प्रमिला से अचानक ही पूछा—'बड़ी दीदी कब आएंगी?'

'एक महीना बाद!'

सुरेन्द्रनाथ ने फिर किताब में सिर गाड़ लिया। जब और पांच दिन बीत गए तो प्रमिला से उसने पूछा—'क्यों प्रमिला, एक महीने में अब कितने दिन बाकी हैं?'

'अभी तो बहुत दिन....।'

चश्मा उतारकर सुरेन्द्र ने शीशे साफ किए, फिर बिना चश्मा लगाए ही किताब पर देखता रहा।

दूसरे दिन उसने कहा—'प्रमिला, तुम बड़ी दीदी को चिट्ठी क्यों नहीं लिखतीं?'

'लिखती तो हूं।'

'तो क्या जल्दी लौटने को नहीं लिखा?'

'नहीं।'

लम्बी सांस खींचकर सुरेन्द्रनाथ बोला—'तभी!'

प्रमिला बोली—'बड़ी दीदी आ जाएं तो अच्छा हो! क्यों?

'हां, अच्छा हो!'

'आने को लिख दूं?'

'हां, जरूर लिख दो!'

'आपके बारे में भी लिख दूं?'

'हां-हां, लिख दो!'

'लिख दो'—कहने में उसे कोई झिझक न हुई, क्योंकि वह संसारी शिष्टाचार व कायदे नहीं जानता-समझता। उसकी समझ से बाहर की यह बात थी कि बड़ी दीदी के आने को लिखवाना शोभनीय बात नहीं है, न सुनने में यह बात अच्छी लगती है। जिसके न रहने से उसे इतनी तकलीफ होती है और जिसकी गैरमौजूदगी से उसका काम नहीं चलता उसे आने को लिखवाना उसे किसी तरह गलत न लगा। इस दुनियां में जिन लोगों में कौतूहल व उत्सुकता कम होती है, वे लोग साधारण मानव-समाज से कुछ बाहर होते हैं। जिस दल में साधारण लोग विचरते हैं, उस दल से उनकी नहीं पटती। साधारण लोगों की राय से भी उनकी राय भिन्न होती है। बेकार की संसारी बातें जानने की सुरेन्द्रनाथ को उत्सुकता नहीं रहती। अपने मतलब भर ही वह जानना चाहता है। अपने दायरे से बाहर वह कभी नहीं जानना चाहता। न इसके लिए उसके पास समय ही रहता है। इसीलिए बड़ी दीदी के

बारे में भी वह एक तरह से अनजान ही था। इस गृहस्थी का ही एक प्राणी बनकर उसने इतने दिन बिताए। बड़ी दीदी पर ही अपना सारा भार तीन महीनों तक छोड़कर, उसने आनंद-पूर्वक दिन काटे। लेकिन उसके बारे में पूरी तरह जानने की उसे जैसे पूरी जिज्ञासा नहीं हुई कि वह कैसा प्राणी है, या कितना बड़ा है, क्या उम्र है, देखने-सुनने में कैसा है, उसके गुण क्या हैं—वह कुछ नहीं जानता। यह सब जानने की कभी इच्छा ही नहीं हुई, न इसका ध्यान ही आया। बस, सब लोग बड़ी दीदी कहते हैं; यह भी बड़ी दीदी कहता है। सभी को उसका स्नेह मिलता है, उसे भी मिलता है। उसके पास तो संसार का समस्त भण्डार है। जो कोई भी, जो कुछ भी मांगता है—मिलता है। सुरेन्द्र भी जो मांगता है, मिल जाता है। बादल का काम वर्षा करना है; दीदी का काम सबों को स्नेह देना और सबों की जरूरतें पूरी करना है! वर्षा के समय जो भी हाथ फैलाता है, उसे पानी मिलता है। बड़ी दीदी के सामने हाथ फैलाने से जरूरत पूरी होती है। बड़ी दीदी को भी बादल की तरह ही न कोई आशंका है, न कोई कामना। सुरेन्द्रनाथ के मन में भी बड़ी दीदी के लिए ऐसी ही धारणा बनी थी। हां, इस काशी-यात्रा की घटना से बस इतना उसने और जान लिया है कि बड़ी दीदी के बिना उसका काम एक मिनट भी नहीं चल सकता।

जब सुरेन्द्रनाथ अपने घर पर था, तो वह अपने पिता और विमाता को ही जानता था। उनके क्या कर्त्तव्य हैं—यह भी वह समझता था। किसी बड़ी दीदी के साथ उसका कभी परिचय न हुआ था; और जब से हुआ, तो उसने ऐसा ही समझा था। लेकिन वह कौन है, उसके रूप को न वह जानता है, न पहचानता है। वह सिर्फ उसका 'बड़ी दीदी' नाम ही जानता है, नाम को ही पहचानता है। उसके रूप-स्वरूप से उसे कोई मतलब नहीं है, नाम ही उसके लिए सबकुछ है।

लोग जैसे देवी-देवता को नहीं देख पाते; सिर्फ नाम जानते हैं; दुख और कष्ट के समय उन्हें नाम से ही पुकारते हैं, प्रणाम और प्रार्थना करते हैं; और जब आंखों में पानी भर आता है, तो आंखें पोंछकर शून्य दृष्टि से जैसे किसी को देखना चाहते हैं, पर देख नहीं पाते। इसी तरह दुःख पड़ने पर सुरेन्द्रनाथ भी सिर्फ उसका नाम याद करता है—बड़ी दीदी!

पांच

अभी सूरज नहीं उगा था, सिर्फ पूरब में लाली छाई थी। प्रमिला ने आकर, सोए हुए सुरेन्द्रनाथ का कंधा पकड़कर कहा—'मास्टर साहब!'

सुरेन्द्र की अलसाई आंखें थोड़ी-सी खुलीं—'क्या है प्रमिला?'

'बड़ी दीदी आ गईं।'

सुरेन्द्रनाथ एकदम से उठकर बैठ गया। प्रमिला का हाथ पकड़ते हुए बोला—'चलो तो, देख आवें!'

पता नहीं यह देखने की उत्सुकता उसमें कैसे जागी, और यह भी पता नहीं चलता कि आज वह क्यों आंखें मलता हुआ, प्रमिला का हाथ पकड़े भीतर चला गया। लेकिन वह भीतर पहुंच ही गया। सीढ़ियां भी चढ़ गया और माधवी के कमरे के सामने रुककर प्रमिला ने पुकारा—'बड़ी दीदी!'

बड़ी दीदी काम में लगी थी। पूछा—'क्या है प्रमिला?'

'मास्टर साहब....।'

तब तक दोनों कमरे में दाखिल हो चुके थे। देखते ही माधवी एकदम हड़बड़ाकर खड़ी हो गई और सिर पर हाथ-भर का घूंघट तानकर एक कोने में खिसक गई। सुरेन्द्र नाथ उठा—'बड़ी दीदी, तुम्हारे लिए मैंने बहुत ही कष्ट....।'

माधवी घूंघट के पीछे से ही, लज्जा से जीभ काटकर मन-ही-मन कह रही थी—'छिः-छिः!'

'बड़ी दीदी, तुम्हारे काशी चले जाने से....।'

माधवी मन-ही-मन कह रही थी—कितने शरम की बात है! फिर जरा खुलकर, पर कोमल वाणी में बोली—'प्रमिला, मास्टर साहब से बाहर जाने को कहो।'

प्रमिला उम्र में छोटी होने पर भी, अपनी बड़ी दीदी के हाव-भाव से समझ गई कि इस प्रकार मास्टर साहब को लिवा लाना ठीक नहीं हुआ, सो बोली—'चलिए मास्टर साहब....।'

पहले तो सुरेन्द्र कुछ न समझा, अचरज में खड़ा रहा, फिर बोला—'चलो!'

सुरेन्द्रनाथ न तो ज्यादा बातें जानता है, न करना ही चाहता है। लेकिन दिनभर के बादलों के बाद जब एकाएक सूरज निकलता है और लोग एकाएक उसकी ओर देखने लगते हैं, फिर दूसरे ही क्षण उन्हें ध्यान नहीं रहता कि सूरज की ओर नहीं देखना चाहिए, नहीं तो आंखों में दर्द होता है—उसी तरह एक महीने तक बादलों से घिरे आकाश के नीचे रहने के बाद, एकाएक सूरज के उदय होने पर, सुरेन्द्रनाथ बड़ी प्रसन्नता व उत्सुकता से उसे देखने चल पड़ा था। लेकिन उसका यह परिणाम होगा—यह वह न जानता था।

फिर उसी दिन से उसकी चिंता में, उसकी देख-रेख में कुछ कमी होने लगी। माधवी कुछ शरमाने लगी, क्योंकि मौसी बिंदुमती इस बात को लेकर हंसी भी थीं। सुरेन्द्र नाथ भी जैसे सिकुड़ गया था। क्योंकि इधर वह अनुभव करता था कि बड़ी दीदी का असीम भण्डार सीमित हो गया था। जैसे दीदी की कृपा व मां स्नेह-स्पर्श अब उसके शरीर को छूता नहीं, दूर से ही चला जाता है।

एक दिन उसने प्रमिला से पूछा–'क्यों, बड़ी दीदी मुझसे कुछ नाराज है क्या?'

'हां।'

'लेकिन क्यों?'

'उस दिन आप इस तरह कमरे में क्यों चले गए थे?'

'क्या जाना नहीं चाहिए था?'

'क्या कोई इस तरह जाता है? दीदी बहुत नाराज हुई थीं।'

सुरेन्द्रनाथ ने किताब बंद कर दी और सोचने लगा।

फिर एक दिन दोपहर को खूब बादल घिर आए और खूब पानी बरसा। ब्रजराज बाबू भी दो दिनों से घर पर नहीं हैं, अपनी जमींदारी में गए हैं। माधवी के पास भी तब कोई काम नहीं था। प्रमिला भी खूब शैतानी कर रही थी। आकर माधवी ने कहा–'प्रमिला, तू जरा किताब तो ले आ। देखूं–तूने कितना पढ़ा है!'

प्रमिला तो जैसे काठ हो गई। माधवी ने फिर कहा–'ले आ।'

'रात को लाऊंगी।'

'नहीं-नहीं। अभी ला!'

बहुत दुखी होकर वह गई और किताब ले आकर बोली–'मास्टर साहब तो मुझे कुछ भी नहीं पढ़ाते, सिर्फ खुद ही पढ़ते हैं।'

माधवी ने उससे पूछना शुरू किया। शुरू से अंत तक पूछने पर उसने सिर्फ यही समझा कि सचमुच मास्टर ने उसे कुछ नहीं पढ़ाया। बल्कि मास्टर के आने के पहले जो कुछ पढ़ा था, वह भी सब भूल गई। नाराज होकर माधवी ने बिंदू को बुलाकर कहा–'बिंदू, जा–मास्टर साहब से पूछ कि इतने दिनों तक प्रमिला को कुछ पढ़ाया क्यों नहीं?'

बिंदू जब मास्टर से पूछने गई, तब वे किसी प्रॉब्लम में उलझे पड़े थे। बिंदु ने कहा–'मास्टर साहब, बड़ी दीदी पूछती हैं कि आपने

अब तक प्रमिला को कुछ पढ़ाया क्यों नहीं?'

मास्टर साहब कुछ न सुन सके। बिंदू ने फिर पुकारा–'मास्टर साहब!'

'हां, क्या है?'

'बड़ी दीदी पूछती हैं....।'

'क्या पूछती हैं?'

'प्रमिला को कुछ पढ़ाया क्यों नहीं?'

बिना अधिक सोचे ही उसने कह दिया–'अच्छा नहीं लगता।'

बिंदू ने जाकर वैसे ही माधवी से कह दिया। माधवी को और भी गुस्सा आया। नीचे आकर, दरवाजे की ओट में खड़ी होकर उसने बिंदू से पुछवाया–'प्रमिला को कुछ भी क्यों नहीं पढ़ाया?'

दो-तीन बार जब पूछा गया तो सुरेन्द्रनाथ ने कहा–'मैं पढ़ा नहीं सकता!'

माधवी सोचने लगी कि यह कैसी बात है!

बिंदू ने पूछा–'तो आप यहां फिर किसलिए हैं?'

'न रहूं तो फिर कहां जाऊं?'

'फिर पढ़ाते क्यों नहीं?'

सुरेन्द्र को अब जैसे होश आया। घूमकर पूछा–'क्या कहती हो?'

बिंदू ने फिर प्रश्न दुहरा दिया, तब सुरेन्द्रनाथ ने कहा–'वह तो रोज ही पढ़ती है।'

'वह तो पढ़ती ही है, आप भी कुछ पढ़ाते हैं?'

'नहीं! मुझे समय नहीं मिलता।'

'तो फिर इस घर में किस वास्ते रहते हैं?'

सुरेन्द्र नाथ चुप होकर सोचने लगा।

'तो शायद आप उसे पढ़ा नहीं सकेंगे?'

'नहीं, मुझे पढ़ाना अच्छा नहीं लगता।'

माधवी ने भीतर से पुछवाया—'तो बिंदू, पूछ कि फिर क्यों इतने दिनों से यहां रह रहे हैं?'

बिंदू के पूछते ही, सुरेन्द्रनाथ के प्रॉब्लम की उलझन एकदम से खो गई। वह बहुत दुखी हुआ, बोला—'यही शायद बड़ी भूल हुई है।'

'तो क्या इस तरह चार महीने तक भूल....?'

'हां, हो गई! मुझे इसका ध्यान नहीं था।'

फिर दूसरे दिन से प्रमिला पढ़ने नहीं आई। सुरेन्द्रनाथ ने भी कोई अधिक चिंता नहीं की। तीसरे दिन भी वह पढ़ने नहीं आई, फिर जब चौथे दिन भी सुरेन्द्रनाथ ने प्रमिला को न देखा, तो एक नौकर से कहा—'प्रमिला को बुला लाओ।'

भीतर से वापस आकर नौकर ने कहा—'वह अब आपसे नहीं पढ़ेगी।'

'फिर किससे पढ़ेगी?'

नौकर ने अपनी बुद्धि लगाई और कहा—'दूसरा मास्टर आएगा।'

उस समय नौ बजे थे। काफी देर सोचने-विचारने के बाद सुरेन्द्र नाथ ने दो-तीन किताबें बगल में दबाईं और उठ खड़ा हुआ। चश्मे को खोल में बंद करके टेबल पर रखा और वहां से धीरे-धीरे चल पड़ा।

नौकर ने पूछा—'मास्टर साहब, कहां जा रहे हैं?'

'बड़ी दीदी से कह देना कि अब जाता हूं!'

'क्यों, अब यहां नहीं आएंगे?'

इसका कोई उत्तर दिए बिना ही सुरेन्द्रनाथ फाटक के बाहर चला गया; और जब दो बज गए और सुरेन्द्र नाथ नहीं लौटा, तो कहीं जाकर नौकर को याद आई और उसने जाकर माधवी से कहा—'मास्टर साहब चले गए।'

'कहां चले गए?'

'यह तो नहीं बताया! नौ बजे ही चले गए थे। जाते समय मुझसे कहा था कि बड़ी दीदी से कह देना कि मैं जा रहा हूं।'

'यह क्या कहना है रे! बिना खाना-पीना खाए ही चले गए!'

माधवी परेशान हो गई। खुद सुरेन्द्रनाथ के कमरे में जाकर उसने देखा कि वहां सभी चीजें ज्यों-की-त्यों हैं। टेबल पर खोल में चश्मा भी है। सिर्फ कुछ किताबें नहीं थीं, बस।

शाम गई, रात गई, पर सुरेन्द्र वापस नहीं आया। दूसरे दिन ही माधवी ने सभी नौकरों को जुटाकर ऐलान किया कि जो भी मास्टर साहब का पता लगाकर लाएगा, उसे दस रुपए इनाम मिलेंगे।

इनाम के लालच में सभी ने भाग-दौड़ शुरू की, लेकिन शाम के बाद वापस आकर बोले—'कहीं पता नहीं चला।'

प्रमिला ने रोकर पूछा—'मास्टर साहब क्यों चले गए?'

माधवी ने उसे हटा दिया, कहा—'बाहर जा! रो मत!'

एक-एक करके जैसे-जैसे दिन बीतने लगे कि माधवी और भी परेशान हो गई। बिंदू ने कहा—'बड़ी दीदी! आखिर उसकी इतनी तलाश क्यों? क्या इस शहर कलकत्ता में और दूसरा मास्टर नहीं है?'

माधवी ने नाराज होकर डांटा—चल, दूर हो जा! एक आदमी बिना हाथ में एक पैसा लिए ही चला गया, और तू कहती है कि तलाश क्यों?'

'यह कैसे जाना कि उसके पास पैसे नहीं थे?'

'मैं जानती हूं। पर तुझे इससे क्या मतलब?'

बिंदू चुप हो गई। धीरे-धीरे जब सात दिन हो गए और उसकी कोई खबर भी न आई, तो माधवी ने तो जैसे एक प्रकार से अन्न-जल ही छोड़ दिया। उसे हर समय लगता, जैसे सुरेन्द्रनाथ भूखा है! जो घर में कोई चीज मांगकर नहीं खा सकता, वह क्या बाहर किसी के आगे

हाथ फैलाएगा? उसको पूरा विश्वास था कि कुछ खरीदकर खाने के लिए भी सुरेन्द्रनाथ के पास पैसे न थे। भीख मांग नहीं सकेगा वह! तो वह किसी छोटे-से बच्चे की तरह, असहाय-सा पटरी पर बैठा रो रहा होगा; या किसी पेड़ के नीचे, भूखा ही, सिर के नीचे किताबें रखे सो रहा होगा!

ब्रजराज बाबू जब लौटे ओर सारा किस्सा सुना तो माधवी से बोले—'यह काम ठीक नहीं हुआ बेटी!'

माधवी भी पछतावे के मारे अपने आंसू न थाम सकी।

और उधर सुरेन्द्र सड़कों पर घूमता रहता। तीन दिन उसने बिना खाए ही काट दिए। पाइप के पानी में पैसे नहीं लगते, इसलिए जब भी भूख लगती, भरपेट पानी पी लेता।

एक दिन रात को वह कालीघाट की ओर जा रहा था। उसने कहीं से सुन लिया था कि वहां खाने को मिलता है। अंधेरी रात, ऊपर से बादल भी छाए थे। चौरंगी के मोड़ पर, एक गाड़ी उस पर आ गई। गाड़ीवान ने घोड़े को रोकने की बड़ी कोशिश की, लेकिन उसे चोट आ गई। जान तो नहीं गई पर छाती और बगल में बहुत चोट लगी और वह बेहोश हो गया। पुलिस ने उसे गाड़ी पर लादकर अस्पताल पहुंचाया। चार-पांच दिन लगातार बेहोशी रही। फिर छठे दिन उसने रात को आंख खोली और पुकारा—'बड़ी दीदी!'

उस समय मैडिकल कॉलेज का एक छात्र ड्यूटी पर था। वह पास आकर खड़ा हो गया। सुरेन्द्र ने पूछा—'बड़ी दीदी आई हैं?'

'कल सबेरे आएगी।'

सुरेन्द्रनाथ को दूसरे दिन होश आ गया, तो उसने बड़ी दीदी की बात नहीं की। दिनभर बहुत तेज बुखार में छटपटाने के बाद, शाम को उसने एक आदमी से पूछा—'क्या मैं अस्पताल में हूं?'

'हां!'

'क्यों?'

'तुम गाड़ी से दब गए थे न!'

'क्या मैं बच जाऊंगा?'

'जरूर, जरूर!'

दूसरे दिन उसी छात्र ने पूछा—'यहां आपका कोई है?'

'नहीं, कोई नहीं!'

'लेकिन रात को तो आप किसी को बड़ी दीदी कहकर पुकार रहे थे। क्या वे यहीं हैं?'

'हां, पर वह आ नहीं सकेंगी। क्या मेरे पिताजी को खबर भेज दोगे?'

'हां, जरूर!'

सुरेन्द्रनाथ ने पिता का पता बता दिया।

उस छात्र ने उसी दम उन्हें चिट्ठी लिख दी। इसके बाद बड़ी दीदी का पता पूछा। बताया कि यहां स्त्रियां भी आ सकती हैं। उनका सब प्रबंध है। यहां अगर अपनी बड़ी दीदी का पता बता दो, तो उनके पास भी खबर भेज दूं।

थोड़ी देर सोचकर, सुरेन्द्रनाथ ने ब्रजराज बाबू का पता बता दिया। छात्र ने कहा—'वाह, मेरा मकान भी तो ब्रजराज बाबू के मकान के पास ही है! आज ही मैं उन्हें आपकी हालत बता दूंगा।'

सुरेन्द्रनाथ कुछ न बोला। वह जानता था कि बड़ी दीदी का आना मुश्किल है। लेकिन दयालु छात्र ने ब्रजराज बाबू तक खबर पहुंचा दी। सुनकर ब्रजराज बाबू ने चौंककर पूछा—'बच तो जाएगा न?'

'हां, उम्मीद तो है!'

भीतर जाकर वे माधवी से बोले—'माधवी, जिससे डरती थी,

वही हो गया! सुरेन्द्र गाड़ी के नीचे कुचलकर अस्पताल में पड़ा है।'

माधवी का अंग-अंग कांप गया।

'उसने कई बार 'बड़ी दीदी' कहकर तुम्हें पुकारा था, देखने चलोगी?'

उसी समय पास के कमरे में प्रमिला ने जाने कौन-सा बर्तन गिरा दिया, जिससे जोरदार झनझनाहट हुई। माधवी उसी ओर भागी। फिर बड़ी देर बाद लौटकर कहा—'तुम देख आओ। मैं न जा सकूंगी!'

ब्रज बाबू ने दुखी स्वर में कहा—'अरे, वह तो जंगली जानवर है! क्या उस पर नाराज होना चाहिए?'

माधवी कुछ न बोली। फिर ब्रज बाबू अकेले ही सुरेन्द्र को देखने अस्पताल गए। उसे वहां देखकर बहुत दुखी हुए। बोले—'सुरेन्द्र, तुम्हारे माता-पिता के पास खबर भेजनी चाहिए।'

'खबर तो भेज दी है।'

'तब ठीक है। उनके आते ही मैं सब इंतजाम कर दूंगा।' फिर रुपए-पैसे की बात सोचकर बोले—'बल्कि मुझे भी उनका पता बता दो, ताकि मैं ऐसा प्रबंध कर दूं कि उन्हें यहां आने में तकलीफ न हो।'

'वे आ जाएंगे। कोई भी असुविधा न होगी।'—यों ही सुरेन्द्र ने उत्तर दिया।

घर वापस आकर ब्रज बाबू ने माधवी को सारा हाल बताया। फिर उस दिन से, ब्रज बाबू सुरेन्द्र को रोज देखने जाने लगे। उनके मन में सुरेन्द्र के लिए बड़ा स्नेह था। एक दिन वापस आकर बोले—'माधवी! तुम्हारी धारणा ठीक ही थी। सुरेन्द्र के पिता बड़े धनी आदमी हैं।'

'कैसे जाना?'

'वे बहुत बड़े वकील हैं। रात को आए हैं न!'

माधवी चुप रह गई, तब ब्रज बाबू ने कहा—'जानती हो? सुरेन्द्र

घर से भाग आया था!'

'क्यों?'

'आज उसके पिता से बातचीत हुई। उन्होंने सब बता दिया। इसी साल उसने पश्चिम की किसी यूनिवर्सिटी से, सर्वोच्च सम्मान के साथ एम०ए० पास किया है। वह विलायत जाना चाहता था। लेकिन जैसी प्रकृति है—पिता की हिम्मत न पड़ी। इसीलिए वह नाराज होकर घर से भाग आया था। अच्छा होते ही वे उसे घर लिवा ले जाएंगे।'

अपनी लम्बी सांस को रोककर, आंसुओं को दबाकर माधवी ने कहा—'यही ठीक भी है!'

छः

छः महीने बीत गए। सुरेन्द्रनाथ अपने घर चल गया है। इस बीच माधवी ने मनोरमा को सिर्फ एक बार चिट्ठी लिखी थी।

दुर्गा पूजा पर मनोरमा अपने नैहर आई, तो माधवी के पीछे पड़ गई कि अपना बंदर दिखा!

माधवी ने हंसकर कहा—'बंदर भाग गया! अब मैं कहां से लाऊं?'

मनोरमा ने उसकी ठोड़ी पकड़कर गाकर कहा—

'अपना बंदर मुझे दिखा दे, मेरा जी ललचाता है!'

'कैसा बंदर रे?'

'वही, जो तूने पाला था!'

'कब रे?'

'याद नहीं है क्या? वही, जो तेरे सिवा किरी को जानता ही न था!'

माधवी समझती तो सब थी, फिर जब उसने देखा कि अब और नहीं टाल सकती, तो बोली—'अरे, उनका जिक्र करती हो? वह तो

खुद ही चले गए।'

'क्या यहां रहना उसे पसंद नहीं आया?'

माधवी कुछ बोली नहीं, मुंह फेर लिया। मनोरमा ने हाथ से उसका मुंह अपनी ओर घुमाया। वह तो मजाक कर रही थी, पर यह क्या? माधवी की आंखों में आंसू भरे थे। उसने पूछा—'माधवी, यह क्या?'

माधवी अब अपने को सम्हाल न सकी। आंचल में मुंह डालकर वह रोने लगी।

मनोरमा के अचरज की सीमा न रही। इस रोने का कारण उसकी समझ में न आया। पहले तो उसने कुछ देरी तक उसे रोने दिया, फिर जबरदस्ती आंचल हटाकर दुखी स्वर में पूछा—'क्यों बहिन, इतना मामूली मजाक भी नहीं सह सकीं?'

माधवी ने सिसकते हुए कहा—'मैं विधवा जो हूं!'

दोनों ही बड़ी देर तक चुप रहीं। फिर दोनों ही रोने लगीं। मनोरमा रोती थी माधवी के दुःख से—वह विधवा जो थी। लेकिन माधवी को तो मनोरमा के मजाक की एक ही बात रुला रही थी—'वह तेरे सिवा किसी को जानता ही नहीं'—माधवी यही सोच रही थी। यह बात बिलकुल सत्य थी। बहुत देर बाद मनोरमा ने कहा—'लेकिन बात ठीक नहीं हुई।'

'कौन-सी बात?'

'वह भी बताना ही होगा? मैंने सबकुछ समझ लिया, बहिन!'

इधर पूरे छः महीने से माधवी जिस घाव को जी-जान से छिपाती व ढांकती आ रही थी, मनोरमा ने उसे देख ही लिया। अब पकड़ गई तो रोती है। और रोई भी तो बिलकुल बच्ची की तरह!

आखिर में मनोरमा ने पूछ ही लिया—'आखिर चले क्यों गए?'

'मैंने ही जाने को कह दिया था।'

'अच्छा किया था! खूब होशियारी का काम किया था!'

माधवी समझी कि मनोरमा कुछ नहीं समझी, इससे धीरे-धीरे सब समझाकर कह दिया। अंत में कहा–'और अगर वे बचते न तो शायद मैं पागल ही हो गई होती!'

मनोरमा ने मन में कहा–'क्या अभी पगलाने में कसर है?'

उस दिन मनोरमा बहुत दुखी होकर घर वापिस गई और जाते ही कलम-कागज लेकर अपने पति को चिट्ठी लिखने बैठ गई।

लिखा–'तुम ठीक कहते हो कि नारी का कोई विश्वास नहीं! अब मैं भी यह मानती हूं, क्योंकि माधवी ने आज मुझे यही सिखाया। मैं उसे छुटपन से जानती हूं, इससे उसे दोष देने की जी नहीं चाहता, हिम्मत भी नहीं लेकिन सारी नारी-जाति को दोष दूंगी, ईश्वर को दोष दूंगी, कि उसने क्यों पानी की तरह तरल व इतना कोमल नारी का हृदय बनाया! उनसे प्रार्थना है कि वह नारी-हृदय को जरा और कठोर बनाया करें। और भी एक प्रार्थना है कि तुम्हारे चरणों में सिर रखकर, तुम्हारे मुंह को निहारती हुई ही मर सकूं। माधवी को देखकर बहुत ही डर लगता है। उसने मेरा जीवन-भर का विश्वास तोड़ दिया है। मेरा भी ज्यादा विश्वास न करना व जल्दी ही आकर लिवा जाना।'

पति ने उत्तर में लिखा–

'जिसके पास रूप है, वह तो दिखाएगा ही। जिसके पास गुण है, वह रोशनी करेगा ही। जिसके हृदय में प्रेम है और जो करना जानता है, वह तो करेगा ही। संसार की यह रीति है कि लता वृक्ष का सहारा ले। इसमें हम-तुम भला क्या कर सकते हैं? मुझे तुम पर बहुत विश्वास है, तुम फिकर न करो!'

पति का पत्र माथे से लगाकर और उनके चरणों में प्रणाम करके मनोरमा ने लिखा–

'माधवी, मुंहजली! एक विधवा को जो नहीं करना चाहिए, वह

उसने किया। उसने मन-ही-मन, छिपकर एक और आदमी से प्रेम किया!'

मनोरमा के पति पत्र पढ़कर हंसे। उन्होंने मजाक के स्वर में लिखाः

'माधवी मुंहजली है, इसमें शक नहीं! विधवा होकर उसने एक और आदमी से मन-ही-मन प्रेम जो किया है। लेकिन यह तो तुम लोगों की नाराजी का कारण है कि उसने विधवा होकर तुम लोगों के, सधवाओं के अधिकारों पर हाथ लगाया! मैं जब तक जीवित हूं, तब तक तुम्हारे लिए फिकर की क्या बात! ऐसा सुअवसर तुम कभी मत छोड़ना। इस बीच खूब जी भरकर एक और आदमी से प्रेम कर लेना। लेकिन मनोरमा, तुम नहीं जानतीं कि तुम मुझे चकित नहीं कर सकी हो। मैंने एक लता देखी थी। वह करीब आधा कोस तक लगातार जमीन पर रेंगती-रेंगती, एक पेड़ पर चढ़ गई थी। अब उसमें न जाने कितने पत्ते व फूल हैं! जब तुम यहां आओगी, तो हम दोनों उसे देखने चलेंगे।'

नाराजी के कारण मनोरमा ने इस चिट्ठी का जवाब न दिया।

माधवी की आंखों के किनारे काले हो गए थे, चेहरा गंभीर और काम-काज में मन न लगता—जैसे थकान आ गई हो। अब भी सबों की फिकर, चिंता व देख-रेख की उसमें उतनी ही इच्छा थी, बल्कि और बढ़ गई थी; पर जैसे अब सब बातें पहले ही तरह याद नहीं रहतीं, रह-रहकर बहुत कुछ भूल जाती है।

अभी भी लोग उसे बड़ी दीदी ही कहते हैं, उसे कल्पवृक्ष ही समझते हैं, उसी के नीचे हाथ फैलाते हैं; लेकिन अब वह पहले जैसा सरस नहीं है। लोगों को कभी-कभी डर लगता है कि कहीं यह वृक्ष सूख न जाए?

मनोरमा भी रोज ही आती है। इधर-उधर की और-और बातें होती हैं, सिर्फ यही बात नहीं होती। मनोरमा जानती है कि माधवी इस बात

से कष्ट पाती है, अतः इस बात की चर्चा जितनी ही न हो, उतनी ही अच्छी बात है। मनोरमा सोचती–काश! वह यह सब भूल भी सकती!

हां, तो अच्छा होकर सुरेन्द्र अपने पिता के साथ अपने घर चला गया। विमाता ने उसकी चिंता करना कुछ कम कर दिया है, इसी से उसे जरा आराम है। लेकिन वह पूरी तरह ठीक नहीं हो सका। उसके भीतर एक पीड़ा है। रूप और यौवन की प्यास अभी तक उसके मन में नहीं जगी। इसकी उसे चिंता नहीं। वह अब भी पहले की तरह दूसरों पर निर्भर रहता है। लेकिन किसपर निर्भर रहना चाहिए, यह नहीं जान पाता। अपने काम के लिए वह अभी भी दूसरों का मुंह ताकता है, पर अब सभी कामों में उसे दोष दिखता है। उसकी विमाता कहती है–'सुरेन्द्र बदल गया है।'

बीच में एक दिन उसे बुखार आ गया था। आंखों से पानी बहने लगा था। विमाता वहीं बैठी थी। उसने एक नई चीज देखी–आंखों से आंसू बह रहे थे। प्रेमपूर्वक उसके आंसू पोंछकर पूछा–'कहो बेटे, सुरेन्द्र!'

सुरेन्द्र कुछ बोला नहीं। थोड़ी देर बाद उसने एक पोस्टकार्ड मांगा और बहुत टेढ़े-मेढ़े अक्षरों में लिखा–'बड़ी दीदी! मुझे बुखार चढ़ा है। बहुत कष्ट हो रहा है।'

लेकिन वह चिट्ठी डाकघर तक नहीं पहुंच सकी। पहले तो उसके पलंग से जमीन पर गिरी, फिर जो कमरे में झाड़ू लगाने आया, उसने बेदाना, अनार के छिलके, बिस्कुट के टुकड़े और अंगूर के सूखे डंठलों के साथ ही बटोरकर उसे बाहर फेंक दिया। सुरेन्द्रनाथ की आकांक्षा हवा में उड़कर, ओस से भीगकर, धूप खाकर, धूल में मिलकर, आखिर में एक बबूल के वृक्ष-तले जाकर पड़ी रह गई।

पहले तो वह उत्तर की आशा लगाए रहा, पर जब बहुत दिन बीत गए और कुछ उत्तर न आया, तो धीरे-धीरे उसका बुखार भी उतर

गया और पथ्य पाकर वह बैठ गया। फिर उसके जीवन में एक नई घटना घटी, नई और स्वाभाविक घटना। सुरेन्द्र के पिता राय महाशय बहुत पहले से यह जानते थे और आशा भी करते थे। सुरेन्द्र के नाना पबना जिले के एक साधारण से जमींदार थे। बीस-पच्चीस गांवों की जमींदारी थी उनकी। सालाना करीब पचास हजार की आमदनी रही होगी। एक तो उनके कोई लड़का न था, अतः खर्च कम ही था; ऊपर से वह महान् कंजूस थे। इसी से उनके पास काफी धन जमा हो गया था। राय महाशय यह अच्छी तरह जानते थे कि उनका यह सब धन उनके इकलौते नाती सुरेन्द्र को ही मिलेगा; और वही हुआ। राय महाशय को खबर मिली कि उनके श्वसुर मृत्यु-शय्या पर हैं। जल्दी से लड़के को साथ लेकर वे पबना गए। लेकिन उनके पहुंचने के पहले ही श्वसुरजी जा चुके थे।

बड़ी धूमधाम से उनका श्राद्ध आदि हुआ। जमींदारी में और गठन आया। बड़ी तेज बुद्धि वाले वकील राय महाशय के प्रबंध से प्रजा और भी परेशान हो गई। अब तो सुरेन्द्र का विवाह होना भी आवश्यक हो गया था। विवाह करने वाले नाइयों के गांव आने-जाने से, वहां तो जैसे हलचल मच गई थी। पचास कोस के बीच जिस घर में एक भी सुंदरी लड़की थी, उस घर में नाइयों ने उनके माता-पिता को तरह-तरह से उम्मीद बंधा रखी थी अतः छः महीने और बीत गए।

आखिर विमाता आईं और दूसरे रिश्तेदार लोग भी आए। सारा घर मेहमानों से भर गया।

फिर एक दिन सवेरे ही तुरही और ढोल-ढक्के की प्रचण्ड आवाज के साथ, गांव-भर में गूंज पैदा करके, सुरेन्द्रनाथ अपना ब्याह कर ही लाया।

सात

पांच साल और बीते। अब न तो राय महाशय हैं, न ब्रजराज बाबू ही इस पृथ्वी पर बचे हैं। सुरेन्द्र की विमाता अपने पति की दी हुई सब सम्पत्ति और रुपए-पैसे लेकर अपने पिता के यहां चली गई हैं।

अब तो सुरेन्द्रनाथ का जितना नाम है, उतनी ही बदनामी भी है। कुछ लोग कहते हैं कि ऐसा भला, सरल, उदार, यार-बास जमींदार कहीं नहीं! कुछ कहते हैं कि ऐसा उपद्रवी, अत्याचारी जमींदार आज तक उस इलाके में पैदा ही नहीं हुआ।

बातें तो दोनों ही ठीक हैं। हां, पहली बातें तो सुरेन्द्र नाथ के लिए ठीक हैं और दूसरी बातें उसके मैनेजर बाबू मथुरा नाथ के लिए ठीक हैं।

आजकल सुरेन्द्रनाथ की बैठक में दोस्तों का खूब जमघट रहता है। ये लोग बड़े आनंद से अपने दुनिया-भर के शौक पूरे करते हैं। शराब, कबाब, पान, तमाखू—किसी की भी उन्हें फिकर नहीं करनी पड़ती, सब चीजें आपने-अप मुंह में आ जाती हैं। इन चीजों में मैनेजर मथुरा बाबू खूब उत्साह दिखाते हैं। इसके खर्चे जुटाने के लिए वे काफी परेशान रहते हैं, पर जमींदार को परेशान नहीं होने देते। उनकी अक्लमंदी से, इसका सारा भार प्रजा ही उठा लेती है। मथुरा बाबू के हिसाब से, किसी के यहां एक पैसा भी बाकी नहीं रह सकता। घर जलवाने, उजाड़कर गांव से निकलवा देने या कचहरी की कोठरी में किसी को बंद कर देने के उनसे उत्साह का क्या पूछना!

प्रजा की करुण चीख-पुकार कभी-कभी शांति देवी के कानों तक भी पहुंच जाती, तो अपने पतिदेव से कहतीं—'अपनी जमींदारी अगर तुम खुद नहीं देखोगे, तो सबकुछ जलकर खाक हो जाएगा।'

सुरेन्द्र चौंक पड़ता।

शांति देवी कहतीं—'निंदा से सारा इलाका गूंज रहा है। सिर्फ

तुम्हारे कान ही कुछ नहीं सुनते। चौबीसों घंटे दोस्तों में बैठे रहोगे, तो भला सुनोगे कैसे? इस मैनेजर को फौरन निकाल बाहर करो!'

दुःखी होकर सुरेन्द्रनाथ कहते—'ठीक है, कल से मैं खुद ही सब देख लूंगा।'

फिर कुछ दिनों तक बड़े धूमधाम से जमींदारी देखी जाती। मैनेजर मथुरा बाबू घबरा जाते, फिर गंभीरता से कहते—'सुरेन्द्र बाबू, क्या इसी तरह जमींदारी रखी जा सकती है?'

सुरेन्द्र भी जवाब देते—'दुखियों का खून पीकर जमींदारी रखने से फायदा ही क्या?'

'तो फिर मुझे छुट्टी दे दीजिए, मैं चला ही जाऊं!'

इसी बात पर सुरेन्द्रनाथ ठण्डे हो जाते। फिर उनकी पुरानी चाल आ जाती और वे अपने को बैठक में ही बंद कर लेते।

हाल में एक नई बात हो गई है। एक बंगला सहित एक बगीचा तैयार हुआ है। उसी में कलकत्ता की प्रसिद्ध एलोकेशी नाम की एक वेश्या आई हुई है। नाचने-गाने में तो उसे कमाल हासिल है। फिर देखने-सुनने में भी कम नहीं। मधुमक्खियों की तरह यार लोग, सुरेन्द्रनाथ की बैठक को भूलकर, उसी तरफ उड़ चले हैं। भला उनके आनंद व उत्साह का क्या कहना! सुरेन्द्रनाथ को भी वे अपने साथ खींच ले गए हैं। आज तीन दिन से शांति देवी को अपने पतिदेव के दर्शन नहीं मिले। चौथे दिन जब देवता आए, तो दरवाजे से पीठ जोड़कर वह बैठ गई और पूछा—'इतने दिन कहां थे?'

'बगीचे में!'

'वहां कौन है, जिसके लिए वहीं तीन दिन-रात पड़े रहे?'

'यही....।'

'यही क्या? मैंने सब सुन लिया है'—कहते-कहते शांति रो

पड़ी–'भला मैंने ऐसा क्या कुसूर किया है, जो तुम यों मुझे ठुकराते हो?'

'अरे कहां? मैं तो....।'

'और भला कैसे ठुकराया जाता है? हमारे लिए इससे बड़ा और क्या अपमान होगा?'

'यही तो....वे सब लोग....'

शांति ने जैसे कुछ सुना ही नहीं। और जोरों से रोकर उसने कहा–'तुम पति हो, स्वामी हो, देवता हो! मेरे इहकाल और परकाल में भी तुम्हीं सब कुछ हो। क्या मैं तुम्हें पहचानती भी नहीं? यह सच है कि मैं तुम्हारी कोई नहीं हूं। एक दिन के लिए भी तुमने मुझे अपना मन नहीं दिया। मेरा कष्ट तुम्हें कौन समझावे! तुम्हें भी शरम आएगी, कष्ट होगा। इसी से मैं कुछ नहीं कहती!'

'तुम रोती क्यों हो, शांति?'

'क्यों रोती हूं यह तो ईश्वर जाने! जब तुम्हें कष्ट हो, तो तुम क्या करोगे? चाहे मैं जन्मभर कष्ट पाऊं, पर अगर तुम्हारा कष्ट.... ।'

सुरेन्द्र नाथ ने शांति को अपने से चिपकाकर, उसकी आंखें पोंछकर स्नेह से कहा–'तो क्या करोगी, शांति?'

उत्तर में शांति फूट-फूटकर रो पड़ी। थोड़ी देर बाद बोली–'आजकल तुम्हारी तबीयत ठीक नहीं है।'

'आजकल क्यों, पांच बरस से ठीक नहीं है। जब कलकत्ते में गाड़ी से दबा था, एक महीना बिस्तर पर पड़ा था, तभी से ऐसा है। आज तक वह दर्द नहीं गया। मुझे खुद ताज्जुब है कि मैं कैसे जी रहा हूं।'

'तो चलो, हम लोग कलकत्ता चलें। वहां बड़े-बड़े डॉक्टर हैं।'

प्रसन्नता से सुरेन्द्रनाथ बोला–'हां, ठीक है! वहीं चलो! वहां बड़ी दीदी भी हैं।'

'तुम्हारी बड़ी दीदी को देखने को बहुत जी होता है। उन्हें

मिलाओगे न?'

'जरूर-जरूर!'–फिर कुछ रुककर सुरेन्द्र बोला–'वह जरूर आवेंगी, जब सुनेंगी कि मैं मर रहा हूं....।'

शांति ने हाथ से सुरेन्द्र का मुंह बंद कर दिया। गिड़गिड़ाकर बोली–'मैं तुम्हारे पांव छूती हूं, ऐसे मत बोलो!'

'अगर वह आ जाएं, तो मुझे कोई दुःख ही न रह जाए!'

सुनकर ईर्ष्या से शांति का दिल भर गया। अभी ही तो उसने कहा था कि वह उसका कोई नहीं है! सुरेन्द्र इतना भी न समझा, इतना भी न देख सका। वह जो कुछ कह रहा था, उसी में उसे आनंद था। उसने कहा–'तुम खुद ही जाकर बड़ी दीदी को बुला लाना। क्यों, ठीक है न?'

शांति ने हां में सिर हिला दिया।

'जब वह आवेंगी, तो तुम खुद ही देख लोगी कि मुझे कोई भी कष्ट न रह जाएगा।'

शांति की आंखों से आंसू बहने लगे। उसने अपनी दासी से मथुरा बाबू को कहला दिया कि बाग में जिसे लाकर टिकाया है, उसे अगर अभी और इसी क्षण नहीं निकाल देते, तो वे भी मैनेजर नहीं रह सकेंगे। अप पति पर भी बिगड़कर उसने कहा–'और चाहे जो हो, अगर तुमने घर के बाहर पांव निकाला, तो मैं सिर पटक-पटकर, खून बहाकर मर जाऊंगी!'

'ठीक है, नहीं जाऊंगा, पर वे लोग....।'

'उनका भी इंतजाम किए देती हूं।'–कहकर शांति ने दासी को बुलाकर आज्ञा दी कि दरबान से कहो कि वे कमबख्त बैठक में घुसने न पावें।

और कोई रास्ता न देखकर, मथुरा बाबू ने फौरन ही एलोकेशी को रवाना कर दिया। यार-दोस्तों को चम्पत होते भी देर न लगी। आखिर

मथुरा बाबू ने भी जमींदारी की देख-रेख में मन लगाया।

सुरेन्द्रनाथ कलकत्ता भी न जा सके। छाती का दर्द अब कुछ कम था। शांति का भी कलकत्ता जाने का मन कम हो गया। वहीं रहकर वह स्वामी की सेवा में जुटी रही। कलकत्ता से एक अच्छे डॉक्टर को बुलाकर भी दिखाया गया। डॉक्टर ने दवा के साथ हिदायत की कि छाती की इस समय जो हालत है, वैसे में अब किसी भी तरह की शारीरिक़ व मानसिक मेहनत नहीं की जा सकती।

अपने को मौका अच्छा मिला देखकर मैनेजर ने इतनी 'योग्यता' से जमींदारी का कार्य आरम्भ किया कि हर गांव में भयानक रूप से कई गुना हाहाकार मच गया। कभी-कभी, बीच-बीच में शांति भी सुनती, पर यह सब, इस दशा में पति को बताने की हिम्मत न पड़ी।

आठ

बहुत कुछ बदल गया। कलकत्ता वाले मकान में भी अब ब्रजराज बाबू की जगह शिवचंद्र मालिक है, और माधवी की जगह नई बहू अब घर की मालकिन है। माधवी अभी भी यहीं पर है। भाई शिवचंद्र काफी प्रेम और आदर करता है। लेकिन अब माधवी का यहां रहने को जी नहीं होता। घर के दास-दासी, मुनीम-मुंशी अब भी उसे 'बड़ी दीदी' ही कहते हैं, गो कि सभी जानते हैं कि संदूक व तिजोरी की चाबी किसी और के हाथ में चली गई है। शिवचंद्र की पत्नी किसी भी बात में माधवी की अवज्ञा या अपमान नहीं करती, पर वह बहाने-बहाने ऐसे भाव जरूर दिखा देती है कि माधवी यह अच्छी तरह समझ ले कि अब बिना नई'बहू की आज्ञा, अनुमति व परामर्श के, कोई काम करना उसे शोभा नहीं देता।

तब पिता का राज्य था और अब भाई का हो गया है। पहले उसकी इज्जत भी होती थी, जिद भी मानी जाती थी। अब भी इज्जत होती है, पर अब जिद नहीं चलती। पहले पिता के स्नेह व आदर के कारण माधवी ही घर में सबकुछ थी, लेकिन अब वह रिश्तेदार व कुटुम्बी के दल में एक हो गई है।

अब भी अगर कोई यह कहे कि हम शिवचंद्र को और उसकी पत्नी को दोष दे रहे हैं, और सीधे न कहकर, घुमा-फिराकर हम उसकी निंदा कर रहे हैं, तो वे हमारा मतलब ठीक से नहीं समझे। संसार का जो नियम है और आज तक बराबर जो दस्तूर चला आया है, हम तो उसी की बात कहते हैं न! माधवी की तो किस्मत की फूटी है। आज कहीं भी, कोई भी ऐसा स्थान नहीं, जिसे वह अपना कह सके। सिर्फ इसी से, कोई अपना अधिकार क्यों छोड़ दे! यह बात सभी जानते हैं कि पति की चीजों पर स्त्री का अधिकार होता है। क्या शिवचंद्र की स्त्री यह सब नहीं समझती? शिवचंद्र तो माधवी का भाई ही ठहरा। लेकिन शिवचंद्र की स्त्री भला उसकी कौन सगी है! दूसरे के लिए वह भला अपना अधिकार क्यों छोड़े? और माधवी भी यह सब खूब ही समझती है। जब ब्रज बाबू जीते थे और बहू बहुत छोटी थी, तब माधवी की दृष्टि में प्रमिला और बहू में कोई अंतर न था। अब सभी बातों में अंतर है। वह सदा से ही स्वाभिमानी रही है। वह किसी की बात नहीं सह सकती। इसलिए कभी कुछ कहती भी नहीं। जहां उसका कोई असर व जोर नहीं, वहां ऊंचा करके खड़े रहने से सिर कटता है। अगर कभी उसे मन में दुःख होता है, तो वह चुपचाप सह लेती है। कभी भी शिवचंद्र से कुछ नहीं कहती। स्नेह की दुहाई देना उसकी आदत नहीं है। सिर्फ यह बात है कि कुछ भी करने पर, उसका मन उसे ही धिक्कारता है। मामूली औरतों की तरह लड़ना-झगड़ना उसे

अच्छा नहीं लगता, उसे नफरत होती है।'

एक दिन उसने शिवचंद्र को बुलाकर कहा—'भइया, अब मैं ससुराल जाऊंगी।'

शिवचंद्र को सुनकर ताज्जुब हुआ—'क्या कहती हो, माधवी? वहां तो अब कोई नहीं है।'

माधवी ने अपने स्वर्गीय पति को इंगित करके कहा—'उनका भानजा तो काशी में ननद के पास है! उसी को लेकर, मैं बड़े मजे में गोला गांव में रह लूंगी।'

पबना जिले के अंतर्गत गोला गांव में ही माधवी की ससुराल है। हंसकर शिवचंद्र ने कहा—'भला यह कैसे हो सकता है! वहां तुम्हें बहुत कष्ट होगा।'

'कष्ट क्यों होगा? अभी तक वहां का मकान गिरा कहां है! दस-पांच बीघा जमीन भी है। एक विधवा के लिए इतना काफी है।'

'ऐसी बात नहीं है। रुपए की भी चिंता नहीं। पर माधवी, वहां तुम्हें बहुत कष्ट होगा!'

'कष्ट कुछ नहीं है, भइया!'

शिवचंद्र ने कुछ देर बाद जैसे सोचकर पूछा—'लेकिन आखिर तुम जाना क्यों चाहती हो? मुझसे साफ-साफ कहो न, मैं सारे झगड़े मिटा दूंगा।'

लगता है कि शिवचंद्र ने इसके पहले ही अपनी पत्नी से, अपनी बहिन के खिलाफ बातें सुनी होंगी। शायद वही इस समय उसे याद हो आईं। लाज के मारे माधवी का मुंह लाल हो गया। उसने कहा—'क्या भइया, यह समझते हो कि मैं लड़ाई-झगड़ा करके तुम्हारे घर से जा रही हूं?'

शिवचंद्र भी लज्जित हो उठा, उसने कहा—'नहीं, ऐसी कोई बात

नहीं है! मैं यह बात नहीं कहता। यह घर तो सदा से तुम्हारा ही है। फिर तुम क्यों जाना चाहती हो?'

उस समय शायद दोनों को अपने पिता ब्रज बाबू की याद हो आई। दोनों की आंखों में आंसू आ गए। आंखें पोंछकर, आंसू सुखाकर माधवी ने कहा—''मैं फिर आऊंगी। जब तुम्हारे लड़के का यज्ञोपवीत होगा, तो बुला लाना, इस समय तो मैं जाऊंगी।'

'उसमें तो अभी आठ-दस बरस की देर है।'

'अगर तब तक मैं जीऊंगी, तो जरूर आऊंगी!'

माधवी वहां किसी प्रकार भी ठहरने को राजी न हुई और जाने की तैयारी करने लगी। घर-गृहस्थी सब उसने नई बहू को समझा दी। नौकरों को बुलाकर आशीर्वाद दिया। विदाई के दिन आंखों में आंसू भरकर शिवचंद्र अपनी बहिन से बोला—'माधवी, तुम्हारे भइया ने तो कभी तुमसे कोई भी बात नहीं कही?'

माधवी बोली—'भइया, यह कैसी बात कहते हो?'

'ऐसी बात नहीं, पर अगर किसी कमजोर क्षण में कोई बात असावधानी से कह गया होऊं, तो....।'

'नहीं भइया, ऐसी तो कोई बात नहीं है!'

'क्या सच कहती हो?'

'बिलकुल सच कहती हूं।'

'तो फिर जाओ, बहन! तुम्हें मैं अपने घर जाने से तो रोकूंगा नहीं! जहां तुम्हें अच्छा लगे, वहीं रहो। लेकिन हमेशा खबर देना मत भूलना!'

माधवी पहले तो काशी गई। वहां से अपने भानजे को लिया और गोला गांव में, सात साल बाद अपने पति के घर प्रवेश किया। उस समय तो गांव में चटर्जी महोदय बड़े भारी चक्कर में पड़े। उनमें और योगेन्द्र नाथ के पिता में बड़ी गहरी दोस्ती थी। इसीलिए मरते

समय योगेन्द्र नाथ अपने कई बीघे जमीन की देखभाल का भार उन्हीं पर छोड़ गए थे। सदा उस जमीन की उन्होंने ही देखभाल की थी। योगेन्द्र नाथ ज्यादा चिंता न करते थे। उनके ससुर के पास बहुत रुपए थे। इसलिए अपने पिता का क्षुद्र सम्पत्ति की उन्हें चिंता न थी। और उनके मरने के बाद, चटर्जी महाशय बड़ी आजादी से, न्यायपूर्ण अधिकार से उस सम्पत्ति का उपभोग करते आ रहे थे। और इतने सालों बाद, अचानक माधवी ने आकर, उनकी सुचारु रूप से चल रही गृहस्थी में बड़ा बखेड़ा खड़ा कर दिया। इसलिए चटर्जी महाशय ने माधवी का दखल गलत समझा, और यह भी समझा कि माधवी ने सिर्फ ईर्ष्या और जलन में आकर ही यह सब किया है। वे एक दिन बहुत नाराज होकर आए और बोले–'देखो बहू, तुम्हारे पति की सौंपी हुई दो बीघा जमीन मेरे पास थी। उसकी दस बरस की मालगुजारी और उसका सूद सौ रुपया बाकी है। वह दिया नहीं गया और अब जमीन के नीलाम होने की नौबत आ गई है।'

माधवी ने अपनी भानजे संतोष कुमार से कहलाया कि रुपयों के लिए चिंता न करें और फौरन ही उसने सौ रुपए भिजवा दिए।

लेकिन माधवी इतनी आसानी से छोड़ने वाली न थी। उसने संतोष को भेजकर चटर्जी महाशय से पुछवाया कि सिर्फ इन दो बीघों से ही हमारे स्वर्गीय श्वसुरजी की गृहस्थी नहीं चलती थी। बाकी जो भी जमीन-जायदाद है, वह कहां और किसके पास है?

उत्तर में चटर्जी महाशय खुद बहुत क्रुद्ध होकर आ गए और बोले–'वह सारी जमीनें तो कब की बिक गई हैं। कुछ तो बंदोबस्त पर लगी हैं। भला कहीं जमींदार की मालगुजारी आठ-आठ दस-दस साल ने देने पर भी जमींदारी बनी रह सकती है?'

माधवी बोली–'क्या जमीन से कोई भी आमदनी नहीं होती थी?

क्या मालगुजारी भी नहीं दी जा सकती थी? और अगर सचमुच बिक गई है, तो बताइए कि किसने और किसके हाथों बेची? इन सब बातों का पता लगाइए और कागज-पत्तर लाइए!'

चटर्जी महाशय ने इसका जो भी उत्तर दिया हो, पर माधवी न समझ सकी। पहले तो ब्राह्मण देवता खड़े-खड़े जाने क्या बड़बड़ाते रहे, फिर एकाएक सिर पर छाता तानकर, कमर में रामनामी लपेटकर तथा अंगोछे में एक धोती लपेटकर, लालता गांव वाली जमींदार साहब की कचहरी की ओर चल पड़े। इसी लालता गांव में सुरेन्द्रनाथ का घर और उसकी जमींदारी के मैनेजर मथुरा बाबू का दफ्तर था। ब्राह्मण देवता लगातार आठ-दस कोस पैदल चलते-चलते सीधे मथुरा बाबू के पास पहुंचे। वहां रो-रोकर गिड़गिड़ाकर बोले—'दुहाई है, सरकार की! क्या इस गरीब ब्राह्मण को अब भीख मांगकर ही खाना पड़ेगा?'

मथुरा बाबू ने मुंह घुमाए बिना ही कहा—'यह तो दिनभर ही सुनता रहता हूं। कहो, क्या है?'

मेरी रक्षा करो, सरकार!'

'अरे हुआ क्या, बताओ भी तो?'

तब चटर्जी महाशय ने तत्काल ही माधवी से मिले सौ रुपए मथुरा बाबू के हाथ पर रखकर कहा—'आप तो धर्मावतार हैं। अगर आप मुझे न बचाएंगे, तो मेरा सर्वनाश हो जाएगा।'

'साफ-साफ कहो, क्या हुआ?'

'गोला गांव के रामतनु सान्याल की विधवा बहू न जाने इतने दिनों बाद कहां से आ धमकी है और मेरी जमीनों पर हक जमाना चाहती है।'

ब्राह्मण देवता ने जनेऊ छूकर, मैनेजर का हाथ पकड़कर कहा—'बताइए न, मैं पिछले दस बरस से मालगुजारी देता चला आया हूं कि नहीं?'

'वाह, जब तुम जमीन जोतते-बोते हो, तो मालगुजारी नहीं दोगे?'

'दुहाई सरकार की!'

मथुरा बाबू उसकी मुसीबत को अच्छी तरह समझ गए थे। बोले—'तो उस विधवा को चकमा देना चाहते हो?'

ब्राह्मण देवता चुप रहे।

'कितनी जमीन है?'

'पचास बीघा।'

मथुरा बाबू ने हिसाब-किताब लगाया, बोले—'कम-से-कम तीन हजार की जमीन है। तो जमींदार की कचहरी में कितनी सलामी दोगे?'

'जो सरकार का हुक्म होगा! दूंगा तीन सौ रुपए!'

'वाह, तीन सौ देकर तीन हजार की जमीन लोगे? जाओ, जाओ, मैं कुछ नहीं कर सकता!'

ब्राह्मण ने आंखें भिगोकर कहा—'तो सरकार, जितने का हुक्म हो!'

'एक हजार रुपया देना होगा!'

फिर बड़ी देर तक दोनों में कुछ गुपचुप बातें होती रहीं। नतीजा यह हुआ कि बेचारी विधवा माधवी पर दस साल की बाकी मालगुजारी और उसके सूद को जोड़कर डेढ़ हजार की नालिश कर दी गई, और सम्मन भी निकला, लेकिन वह माधवी के पास न गया। एक दिन अदालत ने एक तरफा डिगरी कर दी। डेढ़ महीने बाद माधवी के कानों तक खबर आई कि बाकी मालगुजारी के लिए जमींदार के यहां से नीलामी की नोटिस निकली है और उसकी सारी जमीन-जायदाद कुर्क को गई है।

तब माधवी ने अपनी एक पड़ोसिन से कहा—'क्या यह बिलकुल लुटेरों का ही देश है?'

'क्या हुआ?'

'क्या होगा? एक आदमी तो धोखे से हमारा सर्वस्व हड़पना

चाहता है और तुम लोगों को जैसे कुछ पता नहीं, कुछ देखते ही नहीं!'

'तो भला हम लोग क्या कर सकते हैं? अगर जमींदार जमीन नीलाम कराता है, तो हम गरीब क्या कर सकते हैं?'

'खैर, वह तो बाद की बात है। पर जरा यह तो बताओ कि मेरा घर नीलाम हो जाए और मुझे खबर भी न हो! कैसा है यहां का जमींदार?'

तब उस स्त्री ने अपनी जानकारी से काफी फैलाकर बातें बताईं—'ऐसा कष्ट देने वाला, राक्षसी जमींदार और ऐसा अत्याचार यहां किसी ने इसके पहले न देखा न सुना है।'

उस स्त्री ने और भी न जाने क्या-क्या बताया। अब तक उसने जो भी उस जमींदार-परिवार के बारे में सुन रखा था, सब बता दिया। माधवी ने बहुत डरते-डरते पूछा—'क्या जमींदार से खुद भेंट करने से बात न बन सकेगी?'

अपने भानजे के लिए माधवी कुछ भी करने को तैयार थी। उस स्त्री ने कहा कि वह अपने लड़के से राय-सलाह करके और सब ऊंच-नीच समझकर कल बताएगी। उसका बहनोई दो-तीन बार जमींदार की कचहरी में हो आया है। वह जमींदार के बारे में ज्यादा जानता है। यहां तक कि वह बाग में एलोकेशी के नाच तक की बात जानता है। फिर माधवी की पड़ोसिन मौसी ने जब उससे पूछा कि रामतनु बाबू की विधवा बहू का जमींदार से भेंट करना कैसा रहेगा, तो उसने बहुत ही गंभीर चेहरा बनाकर कहा—'इसकी उम्र क्या है?'

'यही बीस-इक्कीस की होगी, और क्या?'

'देखने-सुनने में?'

'बिलकुल परी ही समझो!'

एक विशेष प्रकार का भाव चेहरे पर लाकर उसने कहा—'हां, तब

तो भेंट करने से बात बन सकती है। लेकिन मैं तो कहूंगा कि उससे कहो कि आज ही रात को नाव करके अपने पिता के घर चली जाए।'

'ऐसा क्यों?'

'इसलिए कि तुम कहती हो न कि वह परी की तरह है।'

'तो इससे क्या?'

'इसी से तो सब गड़बड़ है! परी की तरह खूबसूरत होने से ही तो जमींदार के यहां खैरियत नहीं!'

मौसी ने आश्चर्य से कहा—'क्या कहता है रे!'

'हां, यही बात कहता हूं! सारी दुनिया यह बात जानती है।'

'तब तो फिर उसे कभी जमींदार के यहां नहीं जाना चाहिए।'

'हां, कभी भी नहीं।'

'लेकिन तब तो उसकी सारी सम्पत्ति चली जाएगी न!'

'जब चटर्जी महाशय का हाथ है तब तो सम्पत्ति बचने की आशा ही कहां है। फिर वह एक गृहस्थ घर की बहू ठहरी! क्या वह चाहती है कि सम्पत्ति के फेर में उसका भाग्य भी चला जाए?'

दूसरे दिन पड़ोसिन मौसी ने सब बातें माधवी को बताईं। सुनकर उसे आश्चर्य हुआ। वह दिनभर उस गांव के जमींदार सुरेन्द्रनाथ की बात ही सोचती रही। अंत में माधवी ने सोचा—सुरेन्द्रनाथ! यह नाम तो बहुत ही परिचित है। लेकिन उस सुरेन्द्रनाथ के स्वभाव के साथ तो इसका मेल नहीं बैठता। यह नाम उसने मन-ही-मन जाने कितने दिनों तक याद किया है। आज पूरे पांच साल होने को आए। अब तक तो भूल ही गई थी, पर इतने दिनों बाद आज फिर याद आ गया।

उस रात सोते में और सपने में भी माधवी ने बड़ा ही कष्ट पाया। बार-बार उसे पिछली बातें याद आतीं, और बार-बार उसकी आंखें गीली हो जातीं। संतोष ने भी उसे इस हालत में देखा, तो डरते-डरते

कहा—'बुआ, मुझे मां के पास भेज दो।'

माधवी ने भी कई बार यह सोचा था। जब वहां की गृहस्थी ही टूट रही थी, तब अब काशीवास के सिवा और क्या चारा था! संतोष के भविष्य के लिए ही वह जमींदार से मिलना चाहती थी, पर वह भी सम्भव नहीं हो सका। सारा मुहल्ला-टोला, अड़ोसी-पड़ोसी, ऐसा न करने की ही सलाह देते हैं। और फिर अब वह चाहे जहां भी जाकर रहे, उसके लिए तो एक नया बखेड़ा हो ही रहा है। उसे अपना रूप और यौवन याद आया। उसने सोचा कि यह भी बदकिस्मती के ही साथी हैं। इस बेकार के, उपयोगहीन शरीर के साथ ये अभी भी क्यों लगे हैं? आज सात साल से उसने इस ओर कभी सोचा ही न था, न यह सब सोचने का कोई कारण ही जुटा था। पति की मौत के बाद जब वह अपने मायके आ गई थी, तो उसे सभी 'बड़ी दीदी' या 'मां' ही पुकारते थे। इन्हीं आदरपूर्ण संबोधनों ने उसके मन को और भी बूढ़ा बना दिया था। क्या रूप और क्या यौवन, कुछ भी उसने ध्यान से न सोचा था। वहां तो केवल उसे 'बड़ी दीदी' की तरह काम करना था और मां की तरह स्नेह बांटना था। ऐसे मौके पर भला रूप और यौवन की याद या चिंता कैसे होती। अब सब याद आ गया है, सो चिंता बढ़ गई है। खासकर रूप और यौवन की। वह अपने आप ही लज्जा से हंस पड़ी। सोचा—यहां के लोग जानवर हैं या अंधे! मगर माधवी भूल कर रही थी। भला उसे क्या यह अनुभव था कि सबका मन क्या इसी तरह बीस-बाईस की उम्र में बूढ़ा हो जाता है।

इसके ठीक तीन दिन बाद ही जमींदार का नौकर आकर माधवी के ठीक दरवाजे पर जमकर बैठ गया और चीख-चीखकर लोगों को यह बताने लगा कि माधवी का घर अब उसका घर नहीं रह गया। अंत में एक दासी को आगे-आगे चलने को कहकर माधवी संतोष का हाथ

पकड़कर, नदी-किनारे जाकर नाव पर बैठ गई।

घर के पास ही नदी थी। माझी को उसने बताया कि सोमरापुर तक चलना है। सोचा एक बार प्रमिला से भेंट भी करती चलूं।

सोमरापुर गोला गांव से करीब पंद्रह-बीस कोस दूर था। वहीं तो प्रमिला की शादी हुई थी। आजकल वह ससुराल में ही है। बाद में शायद वह कलकत्ता जाए, पर वहां माधवी कहां होगी! अतः उससे एक बार भेंट करना जरूरी था।

सबेरे सूरज निकलते ही माझियों ने नाव हांक दी। बहाव का रुख था, इससे नाव बह चली। हवा उलटी थी, इससे रफ्तार तेज न थी। संतोष की खुशी का ठिकाना न था। नाव की छत पर से हाथ लपकाकर वह कभी-कभी पत्तियां तोड़ता। तभी माझियों ने बताया कि अगर हवा ऐसी ही चलती रही, तो कल तक भी नाव सोमरापुर न पहुंच सकेगी।

आज एकादशी थी, इसलिए माधवी का तो व्रत था; पर संतोष के लिए तो कहीं-कहीं नाव रोककर खाना बनाना जरूरी था ही। एक माझी ने राय दी कि दिस्तेपाड़ा के बाजार में ही रोकना ठीक होगा, क्योंकि वहां सभी चीजों के मिलने का आराम होगा। वहां अच्छा बाजार है।

माधवी बोली–'भइया, जैसे भी करो! पर ऐसा ही करना कि दस-ग्यारह बजे तक बच्चे को खाना मिल जाए।'

नौ

यह कार्तिक का महीना ख़तम हो रहा था। थोड़ी-थोड़ी ठण्डक शुरू हो गई थी। सुरेन्द्रनाथ की कोठी के ऊपर वाले कमरे में खिड़की से सबेरे की जो रोशनी आ रही थी, वह बहुत मधुर थी। खिड़की के पास ही बहुत-सा कागज-पत्र, बहीखाता खोले सुरेन्द्रनाथ बैठे थे। लेने-देने,

आया-गया, जमा-खर्च, मामला-मुकदमा—सब वह एक-एक करके देख-समझ रहे थे। वह समय काटने के लिए ही यह सब देखने लगे हैं। शांति से इसके कारण थोड़ा झगड़ा-कलह भी करना पड़ा था। अब तो वह सहायता देने लगी थी।

आज तक सुरेन्द्र नाथ पर शांति का पूरा अधिकार है। अब उसकी एक भी बात कभी कट नहीं सकती। वह तो बीच में दस-बारह बेहूदे मित्रों के कारण शांति को कष्ट था, पर अब उसकी आज्ञा से सुरेन्द्रनाथ करीब-करीब बाहर निकलते ही नहीं। शांति भी डॉक्टर के बताए सभी परहेज कराने का प्रयत्न करती रहती है।

थोड़ी देर पहले तक, वह पति के पास बैठी, लाल फीते से कागजों को बांध रही थी। तभी एक कागज देखते-देखते सुरेन्द्रनाथ पुकार उठा—'शांति!'

शांति वहां नहीं थी। जहां थी, वहीं से भागी आई और पूछा—'क्या मुझे बुलाया?'

'हां, मैं जरा दफ्तर जाऊंगा।'

'नहीं; जो भी चाहिए बता दो, मैं ले आऊंगी।'

'चाहिए कुछ भी नहीं। सिर्फ मथुरा बाबू से बातें करना है।'

'उन्हें ही यहां बुलवा लेती हूं। तुम मत जाओ! लेकिन अभी एकाएक उनकी क्या जरूरत आ पड़ी है?'

'उनसे कह दो कि अगले महीने से, अगहन से उन्हें काम नहीं करना है।'

शांति को ताज्जुब हुआ। बड़ी जिज्ञासा से पूछा—'आखिर बात क्या हुई?'

'बात तो शायद कुछ नहीं है, पर इतना जरूर जानता हूं कि बहुत अधिक अत्याचार हो रहा है।'

फिर एक अदालती कागज दिखाकर कहा–'देखो न, गोला गांव की एक गरीब विधवा का घर-बार सब नीलाम करवाकर खुद खरीद लिया है। मुझसे एक बार भी नहीं पूछा।'

शांति भी सुनकर दुखी हो गई। बोली–'हाय-हाय, विधवा का? तब तो यह बड़ा अन्याय हुआ। पर यह सब हुआ क्यों?'

'उस पर शायद दस साल की मालगुजारी बाकी थी, सो सूद मिलाकर डेढ़ हजार निकलते थे।'

शांति ने जब रुपयों की बात सुनी, तो जरा ठण्डी पड़कर बोली–'जब इतने रुपयों की बात थी, तब मैनेजर क्या करते? क्या इतना रुपया यों ही छोड़ देते?'

'रुपए की बात नहीं, पर किसी असहाय विधवा को इस तरह घर से निकाल देना क्या उचित है? क्या तुम यही राय दोगी?'

इस बात में इतनी आग थी कि लगा कि शांति जल जाएगी। उसने द्रवित होकर कहा–'नहीं, घर से निकलने को कभी न कहूंगी। और अगर तुम अपने रुपए दान भी करो तो मैं क्यों रोकूंगी?'

सुरेन्द्र ने कहा–'शांति, यह बात नहीं है। मेरे-तुम्हारे रुपए क्या अलग-अलग हैं? लेकिन जरा सोचो तो कि अगर मैं न होऊं, तो तुम्हारा....!'

'कैसी बातें करते हो?'

'तो मुझे जो अच्छा लगे, सो करोगी न?'

अपनी पति की वर्तमान बीमार हालत को देखकर और ऐसी बात सुनकर शांति की आंखों में आंसू आ गए।

कुछ देर बाद सुरेन्द्र जैसे चौंक पड़ा–'अरे, यह तो बड़ी दीदी का नाम है। यह देखो, उन्हीं का तो नाम है यह!'

'कहां?'

'देखो न, यह! माधवी देवी! जिनका मकान नीलाम हुआ है।'

क्षणभर में ही शांति जैसे बहुत दूर तक और बहुत-सी बातें समझ गई। उसने कहा—'क्या इसीलिए सब लौटा देना चाहते हो?'

'हां, सब लौटा दूंगा, सब कुछ!'

माधवी की चर्चा से शांति जाने क्यों दुखी हो गई। शायद उसके भीतर कहीं ईर्ष्या थी। बोली—'हो सकता है कि वे तुम्हारी बड़ी दीदी न हों! सिर्फ माधवी नाम पढ़कर ही तुम....।'

'क्या बड़ी दीदी के नाम का मैं सम्मान न करूंगा?'

'तुम चाहे जो करो, पर उन्हें कैसे मालूम होगा?'

'वे न जानें, तो क्या असम्मान करूं?'

'एक ही नाम कई लोगों का हो सकता है!'

'क्या तुम दुर्गा का नाम लिखकर उस पर पांव रखोगी?'

'अच्छा जाने दो। देवता की बात न सही; पर क्या मैं अगर पांच हजार रुपए तुम्हें दूं, तो क्या तुम एक काम करोगी?'

'क्या?'

वहीं दीवार पर सुरेन्द्रनाथ की एक तस्वीर लटकी थी। उसे ही दिखाकर कहा—'यह तस्वीर....।'

'क्या?'

'चार ब्राह्मणों के द्वारा नदी-किनारे जलवा दो....।'

सुनते ही शांति को लगा कि पास ही कहीं बिजली गिरी हो, या जैसे सांप के काटने की तरह उसका चेहरा नीला पड़ गया। फिर धीरे-धीरे उसके चेहरे पर लाली वापस आई। वह चुपचाप पति के मुंह की ओर देखती हुई उदास मन नीचे उतर आई। पुरोहित को बुलवाकर शांति ने पूजा-पाठ कराया और आधी जमींदारी की मन्नत मानी और प्रतिज्ञा की कि बड़ी दीदी चाहे जो भी हो, उसके बारे में कभी बातें

न करूंगी! इसके बाद न जाने कब तक, वह कमरे का दरवाजा बंद करके आंसू बहाती रही। इसके पहले उसने पति के मुंह से ऐसी कडुवी बात कभी न सुनी थीं।

पहले तो सुरेन्द्रनाथ चुपचाप बैठे रहे, फिर उठकर बाहर चले गए। दफ्तर में मथुरा बाबू से मुलाकात हो गई। देखते ही उसने पूछा—'यह गोला गांव में किसकी सम्पत्ति नीलाम की गई है?'

'वही, मृत रामतनु सान्याल की विधवा पतोहू की।'

'क्यों?'

'दस साल की मालगुजारी बाकी थी।'

'देखें तो, बही-खाता कहां है?'

सुनते ही मथुरा बाबू को जैसे काठ मार गया हो। उसके बाद सम्हलकर बोले—'बही-खाता तो अभी पबना से नहीं आया है।'

'अच्छा, तो कोई आदमी भेजकर फौरन ही मंगवा लो। उस विधवा के रहने के लिए तनिक स्थान भी नहीं छोड़ा न?'

'शायद ऐसा ही लगता है।'

'तब फिर वह रहेगी कहां?'

बहुत हिम्मत करके मथुरा बाबू ने कहा—'इतने दिनों तक जहां रही है, वहीं रहेगी और क्या!'

'कहां थी इतने दिनों तक?'

'अपने पिता के घर, कलकत्ता में।'

'कलकत्ता में? क्या पिता का नाम जानते हो?'

'हां, जानता हूं, ब्रजराज लाहिड़ी।'

'और इस विधवा का नाम क्या है?'

'माधवी देवी।'

सुनते ही माथा पकड़कर सुरेन्द्र नाथ वहीं बैठ गए। यह रंग-ढंग

देखा, तों मथुरा नाथ घबरा गया और पूछा—'क्या हुआ मालिक?'

सुरेन्द्रनाथ ने कोई उत्तर न दिया और एक नौकर को बुलाकर बोला—'एक अच्छा घोड़ा लाकर जल्दी से जीन कसो। मैं इसी समय गोला गांव जाऊंगा। जानते हो, गोला गांव कितनी दूर है?'

'यही दस कोस होगा।'

'अभी तो नौ बजे हैं। क्या एक बजते-बजते वहां पहुंच जाएंगे?'

और जब घोड़ा तैयार होकर आ गया, तो उस पर सवार होकर सुरेन्द्र नाथ ने पूछा—'किस तरफ है?'

'उत्तर की ओर, फिर पश्चिम की ओर मुड़ना होगा।'

और एक चाबुक में ही घोड़ा दौड़ता हुआ निकल गया।

जब शांति ने यह सुना, तो ठाकुर जी के कमरे में जाकर अपना सिर फोड़ लिया और पूछा—'क्यों ठाकुर जी, तुम्हारे मन में यही था क्या? अब मैं उन्हें फिर कैसे पाऊं?'

दो नौकर भी घोड़ों पर चढ़कर गोला गांव की ओर दौड़े। आंसू पोंछते हुए शांति ने मन्नतें मानीं—हे दुर्गा जी! मैं दो भैंसे चढ़ाऊंगी। जो चाहोगी, वही दूंगी मां! बस, उन्हें सही-सलामत लौटा लाओ मां!

गोला गांव पहुंचने में अभी दो कोस बाकी था। जी-जान से धूल उड़ाकर, खेतों की मेंड़ तोड़कर, नाले लांघकर घोड़ा भाग रहा था।

इतनी उत्तेजना व तेजी के कारण सुरेन्द्र को मतली आने लगी। उसे लगा, जैसे भीतर की एक-एक नस फट जाएगी। तभी खांसी के साथ दो-तीन बूंद खून निकला और उसने कुरते पर दाग बना दिया। सुरेन्द्रनाथ ने हाथ से ही मुंह पोंछ लिया। एक बजने के पूर्व ही वह गोला गांव पहुंच गए। रास्ते में एक दूकानदार से पूछा—'क्या गोला गांव यही है?'

'हां, यही है।'

'तो रामतनु सान्याल का मकान कौन-सा है?'

'उस तरफ, वह!'

घोड़े पर सवार सुरेन्द्रनाथ उसके घर के सामने जा पहुंचा। देखा कि दरवाजे पर एक सिपाही बैठा था। अपने मालिक को देखते ही उसने प्रणाम किया। सुरेन्द्रनाथ ने पूछा—'घर में कौन है?'

'कोई नहीं!'

'कोई नहीं? क्यों, कहां गए?'

'सबेरे ही नाव से कहीं चले गए!'

'कहां गए, किस रास्ते गए?'

'उधर, दक्षिण की तरफ।'

'क्या नदी के किनारे से रास्ता है? घोड़ा जा सकता है?'

'कह नहीं सकता मालिक, शायद रास्ता नहीं है।'

फिर एक बार तेजी से घोड़ा दौड़ा। कोई दो कोस जाने पर रास्ता खत्म हो गया। घोड़ा चल नहीं पाता था, इसलिए उसे छोड़कर सुरेन्द्र पैदल ही चल पड़ा। रास्ते में उसने देखा कि कुरते पर कई जगह खून के धब्बे हैं। ओठों से खून बह रहा था। नदी में से उसने एक अंजुली जल पिया और फिर बढ़ा। पांव में जूता भी नहीं, सारा शरीर कीचड़ से लथपथ। खून के भी दाग, जैसे किसी ने छाती पर खून छिड़क दिया हो।

शाम आने लगी। अब पांव आगे नहीं बढ़ते, जैसे शक्तिहीन हो रहे हों। इसीलिए हताश व निराश-से वे भागे जा रहे थे। वे जैसे शरीर की कोई भी शक्ति छोड़ेंगे नहीं, सभी लगाकर मानो आज ही अपनी मंजिल पूरी करनी है।

नदी के मोड़ के पास एक नाव दिखी। करेमू के झुरमुटों को हटाकर वह रास्ता बना रही थी। तभी सुरेन्द्र नाथ ने पुकारा—'बड़ी दीदी!'

लेकिन सूखे कण्ठ से आवाज न निकली, बल्कि दो बूंद खून ही

बाहर आ गया।

'बड़ी दीदी!' फिर दो बूंद खून निकला।

'बड़ी दीदी!!' फिर खून।

'बड़ी दीदी!!' फिर खून।

झुरमुट के कारण नाव रुक रही थी। सुरेन्द्रनाथ पास आ गया। फिर पुकारा—'बड़ी दीदी!'

दिनभर के व्रत और दिमागी चिंता के कारण माधवी मरी-सी पड़ी थी, बगल में ही संतोष कुमार सो रहा था। तभी माधवी के कानों में किसी की पुकार पड़ी। कोई पूर्व-परिचित पुकार थी, वही स्वर था। माधवी उठी। बाहर मुंह निकालकर देखा—धूल-कीचड़ में लिपटा सारा शरीर—'अरे, क्या मास्टर साहब हैं?'

माधवी चीख उठी—'अरे नयनतारा की मां, माझी से जल्दी नाव किनारे लगाने के लिए कहो।'

तब तक सुरेन्द्र नाथ गिरते-पड़ते किनारे तक आ पहुंचे थे। सबों ने मिलकर सुरेन्द्रनाथ को उठाया और लाकर खाट पर लेटाया, मुंह पर पानी छोड़ा। तभी एक माझी पहचान गया—'अरे, यह तो लालता गांव के जमींदार हैं।'

माधवी ने अपने गले का मंगलसूत्र वाला सोने का हार निकालकर उसके हाथ पर धर दिया और कहा—'आज रात तक लालता गांव पहुंचा दो, तो सबों को एक-एक हार इनाम में दूंगी।'

सोने का हार देखते ही, वे माझी कंधे पर रस्सी रखकर पानी में उतर पड़े। शाम के बहुत देर बाद सुरेन्द्रनाथ को होश आया। आंखें खोले वे माधवी को निहार रहे थे। तब माधवी के चेहरे पर घूंघट नहीं था, सिर्फ माथे तक आंचल था। अपनी गोद में सुरेन्द्र का सिर रखे वह बैठी थी।

कुछ देर तक एकटक देखकर सुरेन्द्र ने पूछा—'तुम्हीं तो मेरी बड़ी दीदी हो न!' मगर जैसे माधवी ने सुना न हो। वह बड़े सलीके से, अपने आंचल से ही उसके ओठों से खून का दाग पोंछने लगी। फिर अपनी भी आंखें पोंछ लीं।

'तुम्हीं तो मेरी बड़ी दीदी हो न?'

'हां, मैं ही माधवी हूं।'

सुरेन्द्रनाथ ने आंखें बंद कर लीं, जैसे आराम मिला हो। शांति से बोले—'हां, वही!'

मानो सारी दुनिया का सुख व स्नेह इसी गोद में छिपा था। आज इतने दिनों के बाद सुरेन्द्र ने इस सुख के भण्डार को खोज निकाला था, इसीलिए तनिक प्रसन्नता दिखाने का प्रयत्न करते हुए धीरे से बोले—'बड़ी दीदी, बड़ा कष्ट है!'

छप-छप करती नाव चली जा रही थी। छप्पर के भीतर भी सुरेन्द्रनाथ के चेहरे पर चंद्रमा की शीतल किरणें पड़ रही थीं। एक टूटा हुआ पंखा जाने कहां से खोज लाकर नयनतारा की मां हवा कर रही थी। सुरेन्द्रनाथ ने धीमे स्वर में पूछा—'कहां जा रही हो?'

टूटी वाणी में ही माधवी ने उत्तर दिया—'प्रमिला के ससुराल।'

'क्यों?'

'उसे देखने।'

'छिः बड़ी दीदी, भला इस तरह समधी के घर जाना होता है क्या?'

दस

अपनी ही कोठी में, अपने सोने के कमरे में, बड़ी दीदी की स्नेहमयी गोद में सिर रखे सुरेन्द्र नाथ मृत्यु-शय्या पर पड़े थे। और शांति अपनी

गोद में उनके दोनों पांवों को लेकर, आंसुओं से उन्हें गीला कर रही थी। पबना जिले-भर में जिने वैद्य या डॉक्टर थे, उनकी सामूहिक कोशिशों के बाद भी खून बंद नहीं हो रहा था। पांच साल पहले कलकत्ता की सड़क पर गाड़ी से कुचलने पर लगी चोट अब खून बहा रही थी।

माधवी के मन की दशा व बात को खोलकर हम नहीं बता सकते। हम खुद भी ठीक-ठीक नहीं जानते। लगता है उसे भी पांच साल पहले की सभी बातें एक-एक करके याद आ रही थीं। उसी ने तो सुरेन्द्रनाथ को घर से निकाल दिया था; फिर वापस नहीं ला सकी थी। लेकिन अब, जैसे पांच साल बाद सुरेन्द्र लौटकर आया था।

शाम के बाद के अंधेरे वातावरण में ज्योतिमान दीपक की लौ के प्रकाश में, सुरेन्द्र नाथ मे माधवी के मुंह की ओर ताका। पैरों के पास ही शांति बैठी थी। वह न सुने, इसलिए अपने हाथों से माधवी का मुंह अपनी ओर खींचकर सुरेन्द्र ने धीरे से कहा–'बड़ी दीदी, याद है न? पांच साल पहले, उस दिन तुमने मुझे घर से निकाल दिया था। मैंने भी बदला लेने के लिए तुम्हें अब निकाल दिया है। क्यों, अब मेरा बदला चुक गया न?'

माधवी के होश गायब हो गए। क्षणभर में ही वह जैसे बेहोश हो गई और अपना लटका मुंह सुरेन्द्र के कंधे पर डाल दिया। फिर जब उसे होश आया, तो सब कुछ खो चुका था, मिट गया था।

सारे घर में, गृहस्वामी के स्वर्गवास पर रोना-पीटना मचा हुआ था।

पथ-निर्देश

एक

किसी मध्यम स्थिति के परिवार का मुखिया जब तपेदिक की बीमारी से मर जाता है तो अपने पीछे घरवालों को अधमरा करके छोड़ जाता है। सुलोचना के पति पतितपावन भी यही कर गए थे। साल-डेढ़ साल बीमारी भुगतकर बरसात में एक दिन अचानक आधी रात को वह चल बसे। सुलोचना कल पति को अंतिम प्रायश्चित्त कराकर उनके पास जो बैठी, तो उठ ही नहीं सकी। पति ने जैसे चुपचाप प्राण छोड़ दिए, इसी प्रकार सुलोचना भी गुमसुम बैठी रही। शोर मचाकर उसने मुहल्ले को सिर पर नहीं उठाया। तेरह वर्षीय क्वांरी कन्या हेमनलिनी, कुछ क्षणों पूर्व पास में ही चटाई बिछाकर सोई थी; उसे भी नहीं उठाया। वह नींद में पड़ी रही। पिता की मृत्यु के विषय में उसे कुछ भी मालूम नहीं हुआ। घर में कोई नौकर नहीं; संबंधी तो दूर, दूर के रिश्तेदारों में भी कोई पास नहीं था; मुहल्लेवाले भी धीरे-धीरे सरक गए थे। और आज शाम से ही बारिश शुरू हो जाने के कारण, सोने का बहाना लेकर जगानेवाला भी कोई नहीं आया।

बाहर जोरों से पानी बरस रहा था। भीतर सुलोचना अपने मृत

पति के निकट उन्हें एकटक निहारती बुत-सी बैठी थी। दूसरे दिन सूचना पाने पर मुहल्ले वाले इकट्ठे हुए। मुर्दे की अरथी बनाकर उसे वाहर निकाला और श्मशान ले गए। रस्म के मुताबिक गोबर का पानी छिड़ककर औरतें मातम मनाने बैठ गईं।

सम्पत्ति के नाम पर सुलोचना के पास केवल एक छोटा-सा आम का बगीचा बच रहा था। मुहल्ले वालों की सहायता से उसे सौ रुपए में बेचकर विधवा ने अपने पति की तेरहवीं की व्यवस्था कराई और चुपचाप बैठ गई। लड़की ने अपनी मां से पूछा—'अब क्या होगा मां?'

मां ने उत्तर दिया—'घबराने की क्या बात है बेटी, भगवान तो है!'

तेरहवीं करने के बाद जो कुछ बचा, उससे किसी तरह एक महीना कट गया। उसके बाद कोई उपाय न देख एक सुबह होने से पहले ही सुलोचना ने घर में ताला लगाया और लड़की का हाथ पकड़कर सड़क पर आ खड़ी हुई।

लड़की ने पूछा—'कहां जाओगी मां?'

मां ने कहा—'कलकत्ते जाऊंगी, तेरे भैया के घर!'

'ये भैया कौन हैं मां? तुमने पहले तो कभी उनके बारे में नहीं बताया?' मां ने थोड़ा सोचते हुए कहा—'अभी तक मैं उसे भूली हुई थी।' बिटिया हेम बड़ी बुद्धिमती लड़की थी। वह ठिठककर खड़ी हो गई और कहने लगी—'नहीं मां, दूसरे के घर जाना ठीक नहीं। अपने घर मेहनत-मजदूरी करके रूखी-सूखी खा लेना ठीक है, पर दूसरे की रोटी तोड़ना ठीक नहीं। मां, मैं नहीं जाऊंगी!'

सुलोचना ने हड़बड़ाकर कहा—'रुको मत हेम, दिन यूं ही बीत जाएगा।'

रास्ते में चलते हुए सुलोचना बोली—'उन्होंने तुझे पढ़ा-लिखाकर इतना बड़ा किया है, उसे तो पानी में मत डाल! तू मुझसे क्या कहना

चाहती है, सो मैं जानती हूं। घर में रहकर मां-बेटी किसी-न-किसी तरह दिन तो काट लेंगी। लेकिन तू सयानी हो रही है अब, तेरे ब्याह का क्या करूंगी?'

हेम ने मचलते हुए कहा–'ब्याह न सही!'

'बिरादरी वाले क्या कहेंगे? कहीं जात से निकाल दिया तो?'

हेम बोली–'जान लेकर क्या करेंगे मां! हम मां-बेटी मेहनत-मजदूरी करके पेट भर लेंगी; हमारी जात रहे तो क्या, और न रहे तो क्या? दुनिया में और भी जातें होंगी, लड़की का ब्याह न करने से उनकी तो जात नहीं जाती। उसी तरह हम भी रहेंगी।'

लड़की की बात सुनकर इतने बड़े दुःख के बीच भी सुलोचना को हंसी आ गई। वह बोली–'वैसी हालत में भी गांव छोड़ देना पड़ेगा। जात चली जाने पर कोई घर में झाड़ू देने को भी नहीं कहेगा।'

हेम ने फिर कोई जवाब नहीं दिया। बहुत-सी दर्दीली स्मृतियां अचानक जाग पड़ीं, किसी प्रकार उन्हें भुलाकर वह रास्ता तय करने लगी।

गांव के किनारे-किनारे होते हुए, श्रीरामपुर स्टेशन वाले रास्ते से वे लोग आगे बढ़े। डेढ़-दो कोस चलने के बाद सिद्धेश्वरी का मंदिर पड़ा, वहां थोड़ी देर रुककर दोनों ने भक्तिपूर्वक देवी के दर्शन किए। मंदिर से निकलकर हेम ने कहा–'मां, अब तो दिन चढ़ आया, मुझे शर्म लगती है पैदल चलने में।'

सुलोचना स्वयं भी इस तरह चलने की अभ्यस्त नहीं थी, उसे भी शर्म लग रही थी। एक वृद्धा गंगा नहाने जा रही थी, उससे पूछा–'मांजी, श्रीरामपुर स्टेशन को यही रास्ता गया है क्या?'

वृद्धा ने गौर से उनकी ओर देखते हुए कहा–'तुम कहां से आ रही हो बेटी?'

सुलोचना ने कोई उत्तर न देकर पुनः पूछा–'स्टेशन जाने का

और कोई रास्ता तो नहीं है मांजी?'

मंदिर के सामने एक संकरी-सी गली है, जो सीधे रेल-लाइन की ओर जाती है। वृद्धा ने उसी ओर संकेत करते हुए कहा—'ब्राह्मणों के घरों के सामने से यह गली सीधी रेलवे-लाइन तक गई है। इस गली से चली जाओ, रेल की पटरी से सीधे बाईं ओर मुड़ जाना। सीधे स्टेशन पहुंच जाओगी। जाओ बिटिया, डरने की कोई बात नहीं है। कोई कुछ नहीं कहेगा!'

सुलोचना आश्वस्त होकर, लड़की का हाथ पकड़े गली की ओर चल पड़ी।

दो

एमहर्स्ट स्ट्रीट पर गुणेन्द्र का भव्य बंगला प्रायः खाली-सा पड़ा था। तिमंजिले पर वह स्वयं सोता था और एक कमरा उसने पढ़ने-लिखने के लिए रख छोड़ा था। शेष ऊपर-नीचे सारे कमरे खाली पड़े थे। नीचे की एक कोठरी में रसोइया रहता था और दो में नौकर तथा दरबान।

गुणेन्द्र के पिता लोहे का व्यापार करते थे। मरने के पूर्व वे अतुल सम्पत्ति छोड़ गए थे। इतनी कि एक छोड़ दस संतानें होतीं, तो भी किसी को रोजगार करने की जरूरत न होती। वे रुपए तथा पिता का कारबार बेचने पर जो रुपए इकट्ठे हुए थे, बैंक में जमा करके गुणेन्द्र वकालत करता था।

सुबह के दस बजे थे। कमरे में बैठा वह किताब पढ़ रहा था। तभी नौकर ने आकर सूचना दी—'बाबूजी, नहाने का वक्त हो गया।'

'चलो, आता हूं।'—कहकर वह पुनः पढ़ने लगा।

थोड़ी देर बाद नौकर पुनः आकर खड़ा हो गया और कहने

लगा—'बाबूजी, दो औरतें आई हैं, आपसे मिलना चाहती हैं।'

गुणेन्द्र को ताज्जुब हुआ, उसने किताब पर से नजरें हटाते हुए पूछा—'मुझसे मिलना चाहती हैं?'

'हां बाबूजी, आपसे ही मिलना चाहती हैं। आपकी....'

बात पूरी भी न हो पाई थी कि तभी सुलोचना कमरे में आ पहुंची। उसे देखते ही गुणेन्द्र किताब बंद कर उठ खड़ा हुआ।

सुलोचना ने नौकर की ओर देखते हुए कहा—'तू जा, अपना काम कर!'

नौकर के चले जाने पर सुलोचना ने पूछा—'गुणी, तुम्हारे बाबूजी कहां हैं?' गुणेन्द्र अवाक्-सा देखने लगा। कुछ कह न पाया।

सुलोचना ने हंसते हुए कहा—'चेहरा देखकर जब मुझे नहीं पहचान सके बेटा! बारह साल पहले हम लोग तुम्हारे बगल वाले मकान में रहते थे। जिस साल तुम्हारा जनेऊ हुआ था, उसी साल हम लोग अपने गांव चले गए थे। बाबूजी क्या दुकान गए हैं?'

गुणेन्द्र ने कहा—'बाबूजी नहीं रहे। उन्हें मरे तो तीन साल हो गए!'

'अरे, उनका स्वर्गवास हो गया! और तुम्हारी बुआ?'

'वे भी अब नहीं रहीं। उनका देहांत तो बाबूजी से पहले ही हो गया था।'

सुलोचना ने निःश्वास छोड़ते हुए कहा—'बस, एक मैं ही रह गई हूं बाकी। और सब तो सो गए। जब तुम्हारी मां मरी थीं, तब तुम केवल सात वर्ष के थे। उनके बाद मैंने ही तुम्हें पाला-पोसा। क्यों गुणी, अपनी मौसी को बिलकुल ही भूल गए?'

गुणेन्द्र ने उसी क्षण जमीन से सिर लगाकर प्रणाम किया और पैरों की धूल माथे से लगाता हुआ बोला—'अरे मौसीजी, तुम हो?'

सुलोचना ने हाथ बढ़ाकर प्यार से उसकी ठुड्डी छुई, फिर अंगुलियां

चूमती हुई बोली–'हां बेटा, मैं अभागिनी ही तुम्हारी मौसी हूं।'

गुणेन्द्र ने एक चौकी खिसकाते हुए आदर से कहा–'बैठो न मौसीजी!'

सुलोचना ने मुस्कराते हुए कहा–'अब तुम्हारे आश्रय में आई हूं, तो बैठूंगी ही। क्यों बेटा, तुम्हारा विवाह नहीं हुआ अभी तक?'

'नहीं मौसी।'

'खाना कौन बनाता है?'

'रसोइया।'

छूटते ही सुलोचना बोल पड़ी–'अब उसकी कोई जरूरत नहीं! अब से मैं खुद ही बना लिया करूंगी। अच्छा, यह बातें तो होंगी ही, मुझे दो-चार जरूरी बातें कहनी हैं, सो कह लूं। जब से हेम के बाबूजी का काम छूटा, हम लोग गांव चले गए। पास में कुछ पैसे थे और गांव में थोड़ी-सी जमीन-जायदाद थी। इसी में मजे से गुजर हो जाया करती थी। पिछले साल उन्हें तपेदिक हो गया, सब कुछ उसी में स्वाहा हो गया। और अंत में उन्हें बचा भी न सकी। पिछले महीने उनका देहांत हो गया। अब तो तुम्हारा ही भरोसा है बेटा, तुम्हें ही रोटी देनी होगी–अब बस यही तुमसे विनती है मेरी!'

उसकी आंखों से आंसू गिरने लगे। गुणेन्द्र के नेत्र भी सजल हो उठे।

उसने कातर होकर कहा–'लड़का मां को खाने-पहनने को न देगा? ऐसी धारणा मत रखो मौसी।'

आंचल से आंसू पोंछती हुई सुलोचना बोली–'ऐसी सोचती, तो बेटा, यहां आती ही क्यों? तुम्हें इतना-सा देख गई थी। आज बारह साल बाद मुसीबत के वक्त तुम्हारा ख्याल आते ही, बिना झिझक के चली आई। इसके अलावा एक बात और है। मेरी बेटी हेमनलिनी को

अपनी बहन ही समझो, मुझसे भी ज्यादा अनाथ है। ब्याह के योग्य हो गई है, पर अभी तक उसके हाथ पीले न कर पाई। यह बोझ भी तुम्हारे ही ऊपर है बेटा!'

गुणेन्द्र ने कहा–'उसे भी क्यों नहीं लेती आईं मौसी?'

सुलोचना ने फौरन कहा–'लाई हूं बेटा, वह बड़ी मानिनी है। कहीं मेरी ये बात न सुन ले, इसीलिए उसे नीचे ही छोड़ आई हूं।'

गुणेन्द्र ने व्यग्र होकर फौरन नौकर को बुलाकर कहा–'नंदा, जल्दी से जाकर नीचे से हेम को बुला ला!'

सुलोचना ने आभार व्यक्त करते हुए कहा–'उसे पार लगाने में तुम्हारा जो व्यय होगा, उससे मैं उऋण....'

गुणेन्द्र ने बीच ही में दखल देते हुए कहा–'ऐसा कहोगी मौसी, तो मैं उठकर बाहर चला जाऊंगा। मेरे सामने ऐसी बातें मत कहो! और यदि मैं कहूं कि मां के मरने के बाद तुमने मुझे पाल-पोसकर बड़ा किया, तो तुम्हें भी मारे शरम के, उस ऋण की बात को सुनकर बाहर जाना पड़ जाएगा। इससे तो अच्छा यही होगा कि उन बातों की चर्चा न की जाए! तुम भी चुप रहो और मैं भी।'

सुलोचना ने हंसते हुए कहा–'अच्छी बात है, न करूंगी! हां, हेम आ रही होगी, उसके सामने तो ऐसी बातें कह नहीं सकती। एक बात और कहनी है, सोचती हूं, कह ही डालूं। कहीं यह न सोचना कि मां हूं, इसीलिए कह रही हूं। हेम आ रही होगी, तुम स्वयं देख लेना। तुम्हारी बहन रूप-गुण और स्वभाव में किसी भी पुरुष के लिए अयोग्य न साबित होगी। उसके बाप ने उसे काफी पढ़ाया-लिखाया है। कई साल तो उन्हें इस बात की तीव्र आकांक्षा थी। मैं कहे देती हूं, हेम जिस घर में जाएगी, उस घर को प्रकाशवान कर देगी। हेम बेटी, जरा इधर तो आ! ये तेरे गुणी भैया हैं, प्रणाम कर इन्हें!'

कमरे में प्रवेश करते ही हेम ने घुटने टेककर प्रणाम किया और सिर नीचा किए, मौन प्रतिमा-सी खड़ी रही। पथ-श्रम से क्लांत उसके चेहरे को देखकर गुणेन्द्र किंकर्तव्यविमूढ़-सा, कुछ क्षणों तक सोचता खड़ा रहा। सुलोचना ने तभी बीच में हस्तक्षेप करते हुए कहा–'गुणी, मैं हेम को तुम्हारे ही हाथों सौंप देती, यदि लोक-लाज की बाधा बीच में रुकावट न डालती। मेरी मृत्यु पर हेम को दस दिन का सूतक लगेगा और तीन दिन का तुम पर भी, इसी नाते यह तुम्हारी धर्म-बहन होती है।'

गुणेन्द्र ने अपने को संयत करते हुए हेम से कहा–'सुना तुमने हेम! हम दोनों की एक मां है। मां के लिए जैसे मैं, वैसे तुम। चलो, तुम्हारे खाने-पीने का प्रबंध कर दूं।'

तभी सहसा सुलोचना ने टोकते हुए कहा–'तुम्हारे गले में जनेऊ नहीं दीखता, क्या बात है?'

अपने गले की ओर देखकर हंसते हुए गुणेन्द्र ने कहा–'हम ब्रह्मसमाजी जो हो गए हैं।'

'ब्रह्मसमाजी? छिः बेटा, यह क्या किया तुमने? खैर, कोई बात नहीं, प्रायश्चित्त करके पुनः जनेऊ ले लेना। पाप नहीं लगेगा!'

गुणेन्द्र ने सफाई देते हुए कहा–'इसे तो बाबूजी अपनी जिंदगी में ही कर गए हैं, मैंने थोड़े ही किया था! मैं इसके लिए प्रायश्चित्त की कोई जरूरत नहीं समझता। ब्रह्म-मत कोई बुरा तो नहीं है!'

सुलोचना के हृदय पर चोट पहुंची। कुछ सोचती हुई वह वहीं बैठ गई। थोड़ी देर बाद निःश्वास छोड़ती हुई बोली–'न मालूम, लोगों को ऐसी उलटी, बेमतलब की बातें सूझती हैं?'

गुणेन्द्र हंसता हुआ बोला–'इस बात की चर्चा फिर कभी होगी मौसी, अभी रसोई में चलो!'

तीन

बटोही जिस प्रकार पेड़ के नीचे खिचड़ी पकाकर, मिट्टी की हांड़ी फेंककर चला जाता है और पीछे मुड़कर यह देखने की कोशिश नहीं करता कि वह फूटी या बची, ठीक उसी प्रकार निन्यानवे प्रतिशत लोग सरस्वती से काम निकालकर, उन्हें लक्ष्मी-राजपथ के पीछे निर्मम होकर फेंक देते हैं, एक बार फूटी आंखों भी यह देखना गवारा नहीं करते कि वे बचीं या मरीं। लेकिन गुणेन्द्र ऐसों में नहीं है, उसकी गणना एक फीसदी में की जा सकती है। शुरू से ही सरस्वती में अटूट श्रद्धा थी, वकील होने के बाद भी उसकी वैसी ही धारणा रही। उसका लायब्रेरी का कमरा पुस्तकों से परिपूर्ण था। उसी कमरे में हेमनलिनी को आश्रय मिला। गुणेन्द्र बहुत लापरवाह था। किसी वस्तु को उठाता, तो यूं ही छोड़ देता, बेतरतीब से। इसीलिए जो पुस्तक एक बार अलमारी से निकल आती वह यथास्थान पहुंच न पाती। टेबल, कुर्सी और आखिर में गलीचे पर पड़ी-पड़ी, संयोग से नंदा की सहायता से अलमारी में पहुंच भी जाती, तो फिर जरूरत पड़ने पर उसे ढूंढ़ निकालना आसान काम नहीं था।

पुस्तकों की एक सूची भी उसके पास थी, लेकिन उसकी कोई जरूरत भी नहीं पड़ती थी।

हेम ने इस अस्तव्यस्तता को चार दिनों के अंदर ही व्यवस्थित कर दिया। एक दिन वह एक अलमारी खाली करके, उसमें की सब पुस्तकें नीचे रख रही थी कि तभी गुणेन्द्र आ गया। उसे देखते ही हेम ने कहा–'गुणी भैया, मैं सोचती हूं–उन किताबों को इस अलमारी में और इन किताबों को उस अलमारी में रख दूं, तो सहूलियत होगी।'

गुणेन्द्र ने मुस्कराते हुए कहा–'क्या सहूलियत होगी?'

हेम ने बात काटते हुए कहा–'क्यों न होगी? देखो न, ये किताबें यहां रखने से कैसी....'

बीच में हस्तक्षेप करते हुए गुणेन्द्र बोल उठा—'हां-हां, देख रहा हूं, बड़ी सहूलियत होगी!'

हेम उसकी बातों पर रूठकर चौकी पर बैठ गई। कहने लगी—'होगा, मुझे क्या? जाओ, नहीं रखती! अच्छा करो तो तुम्हें बुरा लगता है।'

गुणेन्द्र ने हाथ में एक पुस्तक उठा ली और मुस्कराता हुआ बाहर निकल आया।

हेम रात-दिन इसी कमरे में रहती थी। इसीलिए गुणेन्द्र अब सोने के कमरे में ही लिखता-पढ़ता था। रविवार के दिन, दोपहर को हेम ने कमरे के बार से आवाज लगाई—'गुणी भैया, भीतर आऊं?'

गुणेन्द्र ने अंदर से ही कहा—'आओ न?'

कमरे में प्रवेश करते ही हेम ने कहा—'तुम हर समय सोने के कमरे में ही बैठकर क्यों पढ़ा करते हो?'

'इसमें नुकसान ही क्या है? इस कमरे में विद्या कम तो नहीं हो जाएगी?'

'और लाइब्रेरी वाले कमरे में पढ़ने से कौन-सी घट लाएगी?'

गुणेन्द्र ने प्रहार रोकते हुए कहा—'घटेगी तो नहीं, मगर कच्ची जरूर हो जाएगी! इसीलिए तो इस कमरे में पक्की रह रहा हूं!'

हेम को हंसी आ गई उसकी बातों को सुनकर। फिर विषय की गंभीरता को समझते हुए अपने को संयत करती हुई बोली—'तुम्हारी बातें इसी प्रकार की होती हैं। कोई भी बात तुम सीधी तरह से नहीं करते।'

उसकी बातों को सुनकर गुणेन्द्र मुस्कराने लगा। कोई जवाब नहीं दिया उसने।

हेम ने पुनः उलाहना दिया—'मैं सब कुछ समझती हूं! मेरी वजह से ही तुम वहां नहीं पढ़ते। शरम लगती है न तुम्हें! लेकिन मैं तुमसे

बिलकुल नहीं शरमाती।'

गुणेन्द्र ने पूछा–'क्यों नहीं शरमातीं? शरमाना चाहिए!'

सामने लटकती हुई लटों को पीछे की ओर हटाते हुए हेम बोली–'क्यों शरम करूं तुमसे? तुम पराए हो क्या? यह नहीं हो सकता भैया! चलो, उस कमरे में।'

कहने के साथ ही पुस्तकें उठाकर वह चल पड़ी।

गुणेन्द्र एक दिन हेम के रोज पहनने के लिए कड़े, चूड़ियां तथा हार खरीद लाया। उन्हें देखते ही सुलोचना पूछ बैठी–'क्यों बेटा, यह सब क्यों लाया गया है?'

गुणेन्द्र ने उत्तर दिया–'इतने से क्या होगा मां, अभी तो बहुत कुछ करना है! लड़की खाली हाथ थोड़े ही पार लगेगी!'

सुलोचना चुप हो गई–आगे कुछ कह न सकी। पर भीतर-ही-भीतर बेचैन हो उठी। दोनों ने कैसे इतनी जल्दी एक-दूसरे को अपना लिया, कैसे दोनों इतना करीब आ गए–इसी बात में वह उलझी रही। एक दिन उसने गुणेन्द्र से कहा–'अगले अगहन में हेम का ब्याह कर देना है बेटा, जिस तरह भी हो, इसे करना ही है। लड़की सयानी हो गई है।'

गुणेन्द्र बोला–'तुम चिंता मत करो! अच्छा घर भी तो देखना है! हाथ-पैर बांधकर कुएं में तो नहीं ढकेला जा सकता?'

सुलोचना ने गहरी सांस खींचते हुए कहा–'यह तो किस्मत की बात है! हम अपना फर्ज पूरा करेंगे, आगे भगवान के हाथ में है!'

'सो तो ठीक है'–कहता हुआ गुणेन्द्र चला गया। उसकी आंखों के सामने से एक काली छाया-सी निकल गई। सुलोचना उसे जाते हुए गौर से देखती रही, फिर एक लम्बी सांस खींचकर अपना काम करने लगी। मन-ही-मन वह सोचने लगी–यह अच्छा नहीं हो रहा है! जितनी जल्दी हो सके, हेम की शादी कर देनी चाहिए।

बिस्तर पर पड़ा गुणेन्द्र चुपचाप हेम की तरफ देखता रहा, हेम ने अलमारी के पास जाकर उसे खोला, मुट्ठीभर नोट तथा रुपए निकालकर आंचल में बांध लिए। ताला बंद करके वह गुणेन्द्र के पास पहुंचकर बोली—'तुम्हारे पांव पड़ती हूं भैया, अब देर मत करो, उठो! दुकान बंद हो जाएगी।'

उसकी पोशाक देखकर गुणेन्द्र ने कुछ-कुछ अनुमान लगा लिया था, फिर भी बनता हुआ बोला—'कहां चलना होगा?'

हेम न अकुलाकर कहा—'वाह! घंटे-भर पहले गाड़ी तैयार करने को कह दिया, और अब पूछते हो—'कहां चलना है?'

गुणेन्द्र ने कहा—'इससे कोचवान को मालूम हो सकता है कि कहां जाना है, मैं तो कोचवान हूं नहीं, तो कैसे जानूं?'

हेम ने हंसते हुए कहा—'तुम क्यों कोचवान होने लगे, भैया? चलो जल्दी, वरना दूकान बंद हो जाएगी।'

'कौन-सी दूकान?'

'अरे वही किताबों की दूकान! तुमसे मानदा ने नहीं कहा? मैंने तो उससे कहला दिया था। हाल में जो अच्छी-अच्छी किताबें निकली हैं, उनकी लिस्ट मैंने तैयार कर ली है।'

हेम के हाथ में लिस्ट देखकर गुणेन्द्र ने हाथ बढ़ाते हुए कहा—देखूं लिस्ट!'

'ऐसे नहीं! लिस्ट देखोगे, तो तुम खरीदने नहीं दोगे!'

'तो फिर छुपाकर खरीदने पर भी नहीं पढ़ पाओगी!'

हेम ने थोड़ी देर चुप रहकर कहा—'अच्छा चलो, गाड़ी में दिखला दूंगी।'

शाम को दोनों गाड़ी भर किताबें लेकर घर पहुंचे। सुलोचना ने इतनी किताबें देखीं, तो पूछ बैठी—'इतनी सारी किताबें क्या होंगी री?'

गुणेन्द्र फौरन कह बैठा—'मालूम नहीं मां, ये हेम की किताबें हैं। फिजूल में अंट-शंट किताबें खरीदकर रुपए बरबाद कर आई है।'

सुलोचना टोक बैठी—'तुमने पैसे क्यों दिए?'

गुणेन्द्र ने अपना बचाव करते हुए कहा—'मैं क्यों देने लगा? चाबी उसी के पास रहती है। उसने खुद ही रुपए निकाल लिए। गाड़ी तैयार करने को कह दिया और खुद जाकर खरीद लाई। मैं तो सिर्फ साथ में था!'

हेम ने बहुत-सी पुस्तकें नंदा के द्वारा मानदा को भेज दीं और कुछ स्वयं ऊपर उठा ले गई। सुलोचना ने गुणेन्द्र से उलाहना देते हुए कहा—'बेटा, इतना सिर चढ़ाना अच्छा नहीं। कौन जाने कहां, किसके हाथ पड़ेगी, आगे तकलीफ पाएगी!'

ऊपर जाकर लाइब्रेरी-रूम में गुणेन्द्र ने देखा कि हेम बत्ती के पास बैठी पुस्तकों के पीछे गोंद से नंबर की चिटें चिपका रही है। नजरें मिलते ही वह बोला—'मां ने कहा है—तुम्हें इतना सिर चढ़ाना ठीक नहीं! जाने कहां किसके हाथ पड़ोगी, तब तकलीफ उठाओगी!'

हेम ने मुंह फेर लिया। गुस्से में भरकर बोली—'क्यों तकलीफ उठाऊंगी? मुझे किसी गरीब-दुखी घर में दोगे, तो दूसरे ही दिन भाग आऊंगी।'

गुणेन्द्र ने हंसते हुए कहा—'अच्छी बात है!'

हेम आगे कुछ बोली नहीं, अपने काम में व्यस्त हो गई। कुछ देर तक गुणेन्द्र चुपचाप उसकी ओर देखता रहा, और फिर एक बिलकुल छोटी-सी सांस को दबाए, चुपके से कमरे के बाहर निकल आया।

दुर्गा-पूजा खत्म हो चुकी थी। दशमी के दिन गाड़ी में बैठकर, हेम देवमूर्ति का जल-विसर्जन देखनी गई। घर लौटने पर मां को प्रणाम कर, ऊपर कमरे में चली गई। खुली छत पर चांदनी रात में गुणेन्द्र

अकेला टहल रहा था कि तभी हेम ने उसके करीब आकर, उसके चरण छूकर प्रणाम किया। पैरों की धूलि सिर पर लगाकर वह एक ओर को खड़ी हो गई। गुणेन्द्र कुछ बोला नहीं, एकटक उसके चेहरे की ओर देखने लगा। हेम कुछ लजा-सी गई। फिर भी बोली—'मुझे आशीर्वाद नहीं दिया, गुणी भैया?'

गुणेन्द्र मानो सोते से चौंक पड़ा। जल्दी से कह बैठा—'दिया क्यों नहीं?'

'कहां दिया?'

'मन-ही-मन दिया है!'

हेम ने हंसी दबाते हुए कहा—'अच्छा, यह तो बताओ—क्या आशीष दी मुझे?'

गुणेन्द्र असमंजस में पड़ गया, अंत में गंभीर होकर बोला—'आशीष देकर कहना नहीं चाहिए, अन्यथा उसका फल मारा जाता है।'

हेम ने कहा—'अच्छा छोड़ो, मां को प्रणाम किया तुमने?'

'वह तो रोज ही करता हूं।'

हेम ने बड़बड़ाते हुए कहा—'नहीं, नहीं, ऐसा नहीं होगा। आज दशहरा है, दशहरे को प्रणाम नहीं करोगे क्या? जल्दी जाओ, नहीं वे दुःखी होंगी।'

गुणेन्द्र उतरकर नीचे आया।

लगभग आधा कार्तिक बीता होगा कि एक दिन हेम ने अचानक कमरे में घुसते हुए कहा—'तुम लोगों के लिए क्या बातचीत करने को और विषय नहीं है, और कोई काम नहीं है? मैं पूछती हूं—आखिर क्या बिगाड़ा है मैंने तुम्हारा?'

कहने के साथ ही वह रो पड़ी।

गुणेन्द्र भी भौंचक्का-सा रह गया। बोला—'क्या बात है, हेम?'

हेम ने रोते-ही-रोते कहा—'जैसे कुछ जानते ही नहीं, क्या बात है हेम? मां कह रही थीं—शांतिपुर में या जाने कहां, सब कुछ ठीक-ठाक हो गया है! मैं अगर ब्याह न करना चाहूं, तो क्या तुम जबरदस्ती मेरे हाथ-पैर बांधकर बहा दोगे?'

गुणेन्द्र उसका आशय समझ गया और हंसता हुआ बोला—'अच्छा, ये बात है? बड़ी हो चुकी हो; तुम्हारा ब्याह नहीं होगा क्या?'

'नहीं!'

'क्यों? ब्याह न होगा, तो बिरादरी वाले जात से न निकाल देंगे?'

'तुमने भी तो ब्याह नहीं किया, तो तुमको क्यों नहीं निकाल देते?'

गुणेन्द्र बोला—'हम लोगों की बात और है—हम ब्रह्मसमाजी जो हैं! मगर तुम्हारे यहां तो लड़की का वक्त पर ब्याह न करो, तो बिरादरी से निकाल दिया जाता है। इसलिए....'

हेम ने आंखें पोंछते हुए कहा—'तब तो तुम्हीं लोग अच्छे हो! तुम्हारे समाज में मनुष्यता है। इसलिए तुम लोग आदमी को इस तरह बांधकर नहीं मारते। मैं इस घर को छोड़कर कदापि नहीं जाऊंगी, तुम चाहे कितना ही षड्यंत्र क्यों न रचो!'

गुणेन्द्र ने उसे शांत करने के अभिप्राय से, शब्दों में नरमी लाते हुए कहा—'वह भी काफी बड़ा घर है। देखने में भी वे लोग काफी अच्छे-भले हैं, विद्वान् हैं, बुद्धिमान हैं, बड़े घर के हैं; वहां तुम्हें किसी तरह की तकलीफ नहीं होगी!'

हेम को जरा भी तसल्ली नहीं हुई। सामने की लटों को हटाती हुई बोली—'ऐसा नहीं होगा! किसी तरह नहीं होगा, इतना कहे देती हूं। मुझे अगर भार समझते हो, तो खाने-पहनने को मत दो। मैं बिना खाए-पीए ही किताब वाले कमरे में पड़ी रहूंगी, कुछ भी नहीं मांगूंगी।'

गुणेन्द्र ने हंसने की चेष्टा करते हुए कहा—'वहां भी तुम्हें किताबों

वाला कमरा मिल जाएगा। और अगर नहीं मिला, तो तुम्हारा यह कमरा उठाकर वहीं पहुंचा आऊंगा।'

हेम ने उसकी बातों पर कोई ध्यान नहीं दिया। रोती हुई बोली—'तुम्हें कुछ नहीं करना पड़ेगा भैया, कुछ भी नहीं! इसी अगहन में मेरा ब्याह हो रहा है न, एक दिन महीने के बाद ही? तुम्हारे पांव पड़ती हूं, इस रिश्ते को तोड़ दो!'

उसका रोना देखकर गुणेन्द्र की आंखों में भी आंसू आ गए। किसी तरह अपने को सम्हालते हुए उसने कहा—'यह कैसे हो सकता है, हेम? अब तो कुछ भी नहीं हो सकता! बातचीत बिलकुल पक्की हो चुकी है।'

'बातचीत क्या पत्थर होती है? तुमने ही तो संबंध जोड़ा है, चाहो तो तोड़ भी सकते हो! तुम्हारे हाथ जोड़ती हूं गुणी भैया, मेरी इस बात को रख लो!'

सुलोचना को कुछ शक हो गया था। वह उसके पीछे-पीछे ही ऊपर चली आई थी। कमरे में प्रवेश कर उसने गुस्से में कहा—'यह क्या हो रहा है हेम? पागलों की तरह क्या बक रही है? संबंध एक बार पक्का हो जाने पर कहीं टूटता है? तेरा भाग्य अच्छा है, जो तुझे ऐसा भाई मिला। ऐसे संबंध को तू कहती है तोड़ दो? हिंदू घराने की लड़की होकर, क्या क्रिस्तानों जैसी क्वांरी-धींगरी बनी रहेगी? चल, नीचे चल!'

हेम नीचे चली गई। सुलोचना ने गुणेन्द्र की ओर देखते हुए कहा—यह सब दिन-रात किताबें पढ़ने का नतीजा है! चौबीसों घंटे नाटक उपन्यास पढ़ते रहने से ऐसी ऊटपटांग बातें सूझती हैं! जैसे भी हो सके, अगहन में इसे पार ही लगा देना है।'

गुणेन्द्र खामोश रहा। कुछ देर तक कमरे में खड़ी रहने के बाद सुलोचना नीचे उतर आई।

दो दिनों बाद, कचहरी से लौटकर वह किसी किताब के लिए लाइब्रेरी रूम में घुसा ही था कि हेम ने भीतर से आवाज लगाई—'अंदर मत आना गुणी भैया, मैं खा रही हूं।'

गुणी ठिठककर कमरे के बाहर खड़ा हो गया और वहीं से बोला—'खाओ न! क्या मेरे भीतर आने से तुम्हारा खाना बिगड़ जाएगा?'

हेम बोली—'सारे घर में गलीचा बिछा हुआ है जो!'

गुणेन्द्र ने टोका—'और जब तुम्हारी नौकरानी मानदा आती है, तब तुम्हारा खाना नहीं बिगड़ता, जात नहीं भ्रष्ट होती? मैं क्या उससे भी गया-बीता हूं?'

हेम हतप्रभ हो गई। हंसती हुई बोली—'अच्छा, आ जाओ, खा चुकी हूं!' कहने के साथ उसने थाली सरकाकर मेज के नीचे रख दी।

'नहीं-नहीं, तुम खाओ। मैं जरा कपड़े बदल लूं।'—कहता हुआ गुणेन्द्र बाहर से ही चला गया। उसके बदन में जैसे आग-सी लग गई।

दूसरे दिन गुणेन्द्र दस बजे जैसे ही खाकर उठा, वैसे ही हेम दौड़ती हुई कमरे में आई और गुणेन्द्र की थाली में खाने बैठ गई। महाराज से बोली—'मेरा खाना भी इस थाली में परोस दो।'

महाराज दंग रह गया। कहने लगा—'इसमें तो अभी बाबूजी खा गए हैं।'

हेम ने बात काटते हुए कहा—'हां, हां, जानती हूं। तुम खाना परोसो न!'

बगल के कमरे में सुलोचना बैठी थी। यह बात सुनकर वह तुरंत उठकर आई और बोली—'यह क्या कर रही है, हेम? यह तो गुणी की जूठी थाली है। जा, धोती बदलकर गंगाजल छिड़क ले।'

जूठी थाली में जो भोजन बच गया था, उसमें से एक कौर मुंह में डालते हुए हेम ने कहा—'महाराज, परोसते क्यों नहीं? गुणी भैया

की जूठी थाली में खाने की योग्यता संसार में कितने आदमियों में है? भाग्य चाहिए, तभी इस थाली में खाने को मिल सकता है!'

सुलोचना विस्मय से लड़की का मुंह ताकती रह गई। महाराज दाल, भात, साग और तरकारी आदि लाकर गुणेन्द्र की जूठी थाली में पसोस गया।

बरामदे में एक ओर गुणेन्द्र हाथ-मुंह धो रहा था। उसने सबकुछ सुन लिया।

शाम को उसने कहा—'आज हेम की जात गई!'

हेम हाथ में एक नई किताब लिए पढ़ने में तल्लीन थी, मुंह उठाए ही बोली—'तुमसे किसने कहा?'

'कोई भी कहे, गई तो सही!'

हेम ने किताब से नजरें हटाकर गुणी की ओर देखते हुए कहा—'कदापि नहीं! तुम्हारी थाली में खाने से किसी की जात नहीं जा सकती, जिन लोगों ने जात बनाई है, उनकी भी नहीं!'

बगल की कुर्सी खींचता हुआ गुणेन्द्र बैठ गया और बोला—'कुछ भी हो, तुमने यह अच्छा नहीं किया! जिसकी जो जात है, उसे मानकर ही चलना चाहिए। उसके सिवाय, मां को दुःख होगा जो!'

हेम कुछ क्षणों तक चुप रही, फिर एकाएक बोल पड़ी—'मानो तुम सबसे नीच हो, सबसे छोटे हो! इसे तुम सह सकते हो, पर मुझसे नहीं सहा जाता। तुम्हारी थाली में बैठकर खाने से मां को दुःख हुआ, यह मानती हूं, पर न खाने से, मां से भी जो बड़े हैं, उन्हें दुःख होता है। अच्छा, तुम अभी जाओ! मुझसे बका नहीं जाता, कुछ पढ़ूंगी।'

इतना कहने के साथ ही वह खुली किताब पर झुक पड़ी और पढ़ने लगी।

गुणेन्द्र कुछ देर चुपचाप बैठा रहा, फिर धीरे से उठकर कमरे

से बाहर चला गया। उसकी आंखों पर से काला परदा हट चुका था।

चार

अगहन के अंत में नवद्वीप के एक संपन्न परिवार में हेम का ब्याह हो गया। दूर से गुणी भैया को प्रणाम कर, वह पति का घर सम्हालने चली गई। वहां उसके श्वसुर, सास, ननद कोई नहीं, सिर्फ एक बुढ़िया दादी है और एक अविवाहित देवर, जो कलकत्ता के किसी कॉलेज में पढ़ता है।

हेम के पति किशोरी बाबू की उम्र छत्तीस के लगभग थी। पहली स्त्री के मर जाने पर, वे काफी दिनों से किसी बड़ी उम्र की लड़की की तलाश में थे, इसी से बिना देखे ही उन्होंने हेम को पसंद कर लिया। शादी हो जाने के बाद, वे सुलोचना को भी अपने यहां बुला लाने के लिए लिखा-पढ़ी करने लगे और पीछे पड़ गए। सुलोचना भी जमाई की बात से सहमत हो गई। उसकी अभिलाषा थी कि नवद्वीप में रहकर कुछ पुण्य कमाए।

किंतु हेम ने लिख दिया–'तुम जिस घर में हो, उस घर की हवा लगने से इस नवद्वीप का भी उद्धार हो सकता है। वहां रहकर भी अगर तुम पुण्य-संचय न कर पाईं तो बैकुण्ठ पहुंच जाने पर भी न कर पाओगी। भैया को छोड़कर यदि तुम यहां आईं तो मैं स्वयं भैया के पास रहूंगी।'

अपनी लड़की को वह पहचानती थी, इसी से उसकी हिम्मत न पड़ रही थी। मगर उसका मन दिन-रात नवद्वीप में ही उलझकर घूमने लगा था।

इसी प्रकार छः महीने बीत गए। अंत में जब उससे न रहा गया, तो एक दिन किसी उत्सव के बहाने, नंदा को साथ लेकर स्टीमर पर

सवार हो गई। यहां पहुंचकर उसने अपनी लड़की को जब बहुत क्षीण और उदास पाया, तो काफी दुखी हुई। हेम से उसने पूछा—'यहां कोई और नहीं है क्या? शायद कोई तेरी खोज-खबर नहीं रखता!'

लड़की ने कुछ जवाब नहीं दिया।

उत्सव खत्म हुआ। लेकिन सुलोचना की तबीयत कलकत्ता जाने को नहीं हुई। मां के रंग-ढंग देखकर एक दिन हेम ने टोका—'मां, कितने दिनों रहोगी दामाद के घर? लोग क्या कहेंगे?'

सुलोचना ने गुस्से से कहा—'साफ-साफ क्यों नहीं कहती कि भार हो गई हूं तेरे लिए! यह तो फिर भी अपनी लड़की का घर है, वहां कौन है अपना, जो लौट जाऊं, बता?'

हेम विस्मित होकर कुछ देर तक मां का मुंह देखती रही, फिर अचानक बोल पड़ी—'दोष तुम्हारा नहीं है मां, हम औरतों का यह स्वाभाविक धर्म ही है! हम अपने-पराए को एक दिन में ही भूल जाती हैं!'

दिन बीतते रहे। इसी बीच पुनः दुर्गा पूजा आई। गुणेन्द्र ने धूमधाम के साथ पूजा की भेंट भेजी। सुलोचना हेम को एकांत में ले जाकर बोली—'गुणी है तो ब्रह्मसमाजी, लेकिन रीत-व्यवहार में काफी निपुण मालूम पड़ता है।'

सुलोचना ने इस बात का तेजी से प्रचार कर दिया कि मेरी गैरहाजिरी में लड़के ने अपनी बहन को सौगात भेज दी है, और अब मैं मुहल्ले में मिठाई बंटवाकर, कपड़े एवं अन्य चीजें सबको दिखलाकर कलकत्ता वापस चली जाऊंगी। उसके जाने के बारे में हेम ने उस दिन के बाद कोई जिक्र ही नहीं किया था, आज भी वह खामोश ही रही। सुलोचना उसकी इस खामोशी को समझ ही नहीं पाई। मन-ही-मन सोचने लगी—अगर कभी भगवान ने दिन दिखाए, तो तू इस बात को अच्छी तरह से समझ जाएगी कि संतान को छोड़कर जाने में, मां के

प्राणों पर कैसी बीतती है!

पूजा खत्म होते ही सुलोचना मलेरिया से बुरी तरह ग्रस्त हो गई और दिन-ब-दिन उसकी दशा खराब होती गई। महीने-भर बाद, एक दिन हेम ने कहा—'मां, अब तो भगवान का नाम लो! अथवा जीना चाहती हो, तो गुणी भैया का नाम लो।'

कहने के साथ ही उसके नेत्र सजल हो उठे और टप-टप आंसू झरने लगे। ऊपर की ओर ताकती वह स्थिर होकर बैठी रही। तभी मां ने उससे कहा—'वैसा ही कर बेटी, भैया को पत्र लिख दे!'

घर के गुमाश्ते को बुलाकर, हेम ने मां को बुला लेने के लिए गुणेन्द्र को चिट्ठी लिख दी।

दो दिन बाद कलकत्ते से मानदा और दरबान आ पहुंचे। हेम को विश्वास था कि भैया स्वयं आएंगे। उसने मानदा से पूछा—'गुणी भैया क्यों नहीं आए?'

मानदा ने उत्तर दिया—'वे भी वीमार हैं, दो हफ्ते से सर्दी-जुकाम, खांसी, बुखार, एक-न-एक लगा ही रहता है। इधर कुछ-कुछ बुखार भी रहने लगा है। काफी कमजोर हो गए हैं, वरना वे खुद ही आते।'

सुलोचना चली गई। गुणेन्द्र ने दवा-दारू का प्रबंध कर, नौकर-नौकरानी के साथ उन्हें हवा बदलने के लिए मधुपुर रवाना कर दिया। जाते वक्त सुलोचना ने कहा—'बेटा गुणी, न हो तो तू भी साथ चल, तेरी तबीयत भी तो ठीक नहीं है। क्यों न दोनों साथ हो लें!'

गुणेन्द्र राजी नहीं हुआ। कलकत्ते में उसे काम था, अतः वह रुक गया।

मधुपुर जाकर सुलोचना को आराम मिला और कुछ ही दिनों में वह बिलकुल चंगी हो गई। नवद्वीप और कलकत्ते के लिए उसने चिट्ठियां लिखीं कि जरा और ठीक होते ही, माघ के अंत में वह

कलकत्ता लौट जाएगी।

पिछले साल अगहन-सुदी में हेम का ब्याह हुआ था और आज फिर वही अगहन-सुदी दशमी आ गई। इस बात का ध्यान आते ही, गुणेन्द्र का ध्यान क्षणभर के लिए पुस्तक पर से हट गया और वह शून्य दृष्टि से जंगले के बाहर देखने लगा। तभी पिछले दरवाजे से दरबान आकर कहने लगा–'बाबूजी, एक जरूरी तार आया है।'

गुणेन्द्र ने मुड़कर पीछे देखा। दरबान डाकिए को ऊपर ही ले आया था। हाथ में लिफाफा देकर, दस्तखत कराता हुआ, सलाम करके डाकिया चला गया।

तार पाकर गुणेन्द्र को बड़ा आश्चर्य हुआ। हेम ने सूचना दी थी कि वह रवाना हो गई है। स्टीमर से उतरकर हुगली में ट्रेन पर सवार होगी, तीन-चार बजे के करीब गाड़ी हावड़ा स्टेशन पर भेज दी जाए। किसलिए आ रही है और साथ में कौन-कौन हैं, किशोरी बाबू भी साथ में हैं अथवा नहीं, या वह अकेली ही आ रही है–कुछ भी समझ में नहीं आया। घर में स्त्री कोई नहीं। सुलोचना मधुपुर में थी। इससे गुणेन्द्र जरा उलझन में पड़ गया। पुराने कोचवान से गाड़ी लेकर स्टेशन जाने को कह दिया। शाम से कुछ पहले हेम घर पहुंच गई। साथ में नौकरानी और कुछ जरूरी सामान था। हेम को नीचे से ऊपर तक देखते ही गुणेन्द्र कांप उठा और पूछ बैठा–'यह पागलों का-सा वेश बनाए क्यों आई हो, हेम?'

हेम ने जमीन पर घुटने टेककर प्रणाम किया और बोली–'चलो, ऊपर बताऊंगी!'

ऊपर पहुंचकर बैठते हुए उसने पूछा–'मां तो माघ मास के पहले नहीं आएंगी?'

गुणेन्द्र ने उत्तर दिया–'हां, लिखा तो ऐसा ही है!'

'तब उन्हें खबर देने की कोई जरूरत नहीं। यह आश्चर्य की बात है गुणी भैया कि पारसाल आज ही के दिन विदा हुई थी और आज ही लौट आई।'

गुणेन्द्र कुछ समझ न सका, अतः पूछ बैठा—'पर लौट क्यों आईं?'

हेम ने सहज ही उत्तर दिया—'लौट ही आई! वहां कैसे रहूंगी अब! तुम मेरी सफेद धोती देखकर नहीं समझ सकते? परसों तेरहवीं आदि संपन्न होने पर चली आई।'

गुणेन्द्र अवाक् रह गया। अपने को संयत करता हुआ बोला—'कोई खबर भी नहीं दी थी तुमने। क्या हुआ था उन्हें?'

हेम ने बतलाया—'पिछले बुधवार को उन्हें हैजा हो गया था। उस जगह जितने इलाज किए जा सकते थे, किए गए। मगर कोई फायदा नहीं हुआ। दूसरे दिन, दस बजे दिन में उनका प्राणांत हो गया।'

आंखों में आ गए आंसुओं को पोंछते हुए गुणेन्द्र ने कहा—'मां जब यह खबर सुनेंगी, तो बच नहीं सकेंगी, मर जाएंगी! जितने दिनों तक यह राज छिपा रहे, तो अच्छा है!'

हेम ने कहा—'अब क्या करोगे, गुणी भैया? तुम लोग भगवान के विरुद्ध षड्यंत्र कर रहे थे। इस बात को मैं मन-ही-मन महसूसर कर रही थी। पर उस वक्त तुम लोगों ने मेरी एक न मानी। अब रोना क्या? बड़ी भूख लगी है। क्या खाऊं, बोलो? काफी थक गई हूं, इस समय कुछ बना नहीं सकती। कुछ फल-फलारी हो, तो उसी से काट लूंगी।'

गुणेन्द्र पूछ बैठा—'सुबह से कुछ खाया नहीं क्या?'

'नहीं, सफर की तैयारी करनी थी न! स्टीमर पर जल्दी ही पहुंचना था।'

माघ के अंत में सुलोचना भी लौट आई। लेकिन वह निरोग न हो पाई। और जब घर लौटकर उसने यह दृश्य देखा, तो खाट पकड़

ली। पुत्री के ऊपर आए इस वज्र आघात को वह सहन न कर पाई। यह शोक उसकी छाती में तीर-सा बिंध गया। इलाज और सेवा-सुश्रूषा की हद कर दी गई, पर परिणाम कुछ नहीं निकला। एक दिन उसके हाथ-पांव काफी सूज आए, तो गुणेन्द्र को बड़ी चिंता हुई। उसने गुणेन्द्र से अकेले में कहा–'क्यों नाहक कोशिश कर रहे हो बेटा? मुझे अब शांति से मरने दो!'

आंसुओं के वेग को आंखों में ही रोकते हुए गुणेन्द्र ने कहा–'ऐसी भी क्या बात है मां, तुम इतनी निराश क्यों हुई जा रही हो?'

सुलोचना ने दुखित मन से कहा–'अच्छा, तू ही बता कि किस बूते पर मैं जिऊं? मेरे पास अब बचा ही क्या है?'

गुणेन्द्र सिर झुकाए, खामोश बैठा रहा।

सुलोचना ने अपनी सफाई देते हुए कहा–'बेटा, मैं इतनी बच्ची नहीं हूं, सब कुछ समझती हूं! जान-बूझकर मैंने जो पाप किया है, वह मुझे भीतर-ही-भीतर दग्ध किए जा रहा है।'

कुछ देर चुप रहने के बाद वह पुनः बोली–'एक बात पूछूं तुझसे, सच-सच बताएगा? मुझे अच्छी तरह से मालूम है कि तू हेम से कभी प्यार करता था। यदि एक बार पुनः कोशिश करे, तो तू उसे प्यार करेगा?'

सिर झुकाए ही गुणी ने उत्तर दिया–'उसे तो चिरकाल से ही प्यार करता रहा हूं मां, उस समय भी करता था, आज भी करता हूं। तुम इसके लिए चिंता मत करो मां, मेरे जीते हुए उसे कोई तकलीफ नहीं हो सकती!'

सुलोचना ने आश्वस्त होते हुए कहा–'यह तो जानती हूं! मेरा तुम दोनों के लिए यह अंतिम आशीर्वाद है। अगर उचित समझना, तो उससे भी कह देना। और एक बात कहूंगी बेटा–जब मैं वहां थी, तो हेम ने ससुराल से लिखा था–'मां, तुम जिस घर में हो, उस घर

की हवा लगने ने नवद्वीप का भी उद्धार हो सकता है। वहां रहकर भी अगर तुम पुण्यसंचय न कर पाईं, तो बैकुण्ठ पहुंच जाने पर भी न कर पाओगी।' बेटा, मेरे सिर पर हाथ रखकर आशीर्वाद दे, जिससे मैं पाप-मुक्त हो जाऊं। मेरा अपराध कितना बड़ा है, इसे मैं ही जानती हूं, और कोई नहीं जानता।'

गुणेन्द्र रोने लगा। वह सुलोचना को मां की तरह मानता और स्नेह करता था। सुलोचना ने उसे सहेजते हुए कहा—'मैं हेम से कोई बात कह नहीं सकती। उसे देखकर ही मेरी छाती में हूक-सी उठने लगती है, हाहाकार मच जाता है। लोग सौतेली मां की जुल्म-भरी कहानियां सुनाया करते हैं, लेकिन मैं तो सौतेली मां से बढ़कर उसकी दुश्मन हूं!'

दूसरे दिन उसकी बीमारी काफी बढ़ गई। जीने की आशा बिलकुल क्षीण पड़ गई। जब सांस लेने में भी कष्ट होने लगा, तो उसने हेम को अपने पास बुलाया। चुंबन लेने के लिए ज्योंही उसने ठोड़ी पकड़ी, वह रो पड़ी।

सुलोचना ने दबे कण्ठ से कहा—'हेम, अब विदा होती हूं, बेटी!'

मां की छाती पर सिर रखकर वह फफक पड़ी। आंखों से धार निकल पड़ी। कुछ देर बाद इशारे से उठने को कहकर बोली—'रो मत बिटिया! पंद्रह सालों तक सुख-दुःख झेलकर तुझे छाती से लगाए रही हूं। अब वक्त आ गया है, मैं तेरे पिता से मिलने जा रही हूं। आज खुशी का दिन है। मैं रोती नहीं हेम, खुशी से जाती, यदि तुझे इस तरह नष्ट न कर दिया होता। मारे दुःख और शरम के, मुझसे तेरे चेहरे की ओर ताका तक नहीं जाता!'

हेम ने सिसकते हुए कहा—'ऐसा क्यों कह रही हो, मां? मेरी किस्मत में जो कुछ था, वही हुआ; इसमें तुम्हारा क्या दोष?'

सुलोचना ने रोते हुए कहा—'अपने हाथ तो मैंने खुद ही काट

लिए! तू कहती है— किस्मत में जो था, वही हुआ; पर तेरी जैसी किस्मत इस देश में और किसी लड़की की नहीं थी। मैंने ही बीच में पड़कर उसे नष्ट कर डाला। मैं सब कुछ समझती हूं। इसीलिए तो इस दुःख को सहन नहीं कर पा रही हूं। अनजाने जो पाप होता है, उसका प्रायश्चित्त हो सकता है। मगर जान-बूझकर जो पाप किया जाता है, उसे कैसे मेटा जा सकता है, बेटी!'

उंसकी आंखों से बड़ी-बड़ी बूंदें लुढ़ककर गिरने लगीं। हेम ने अपने आंचल से उसे पोंछ दिया। कुछ देर रुककर सुलोचना पुनः बोली—'मुझ पर गुस्सा मत होना, बिटिया! कहने से कहीं तेरा अशुभ न हो जाए, इसीलिए मैं कह नहीं सकी। नहीं तो आज मरते वक्त जरूर कहती—।'

हेम ने मुंह पर हाथ रखते रोकर कहा—'क्या करने से तुम सुखी होगी मां? बताओ, मैं वैसा ही करूंगी! मैंने तो कभी तुम्हारी बात नहीं काटी, मां!'

बड़ी मुश्किल से अपना कांपता हुआ हाथ हेम के सिर पर रखती हुई सुलोचना बोली—'इसीलिए तो भीतर-ही-भीतर दग्ध हुई जा रही हूं, हेम! मुझे जो कुछ कहना था, वह गुणी से कह चुकी हूं वही तुझे बतलाएगा। तू इस धोती को बदल आ बेटी! जिस साड़ी को पहनकर, एक साल पहले तू इस खाट के पास आकर बैठा करती थी, जो आभूषण पहनकर दशहरे के दिन तूने मुझे प्रणाम किया था, मेरे गुणी के वे ही गहने-कपड़े पहनकर, घड़ीभर के लिए सही, आकर बैठ जा, ताकि मेरे पापों से मुझे मुक्ति मिल जाए।'

हेम चुपचाप उठकर खड़ी हो गई और थोड़ी देर बाद मां की आज्ञा का पालन कर पुनः आ खड़ी हुई। मां के होंठों पर खुशी की एक लहर-सी दौड़ गई। उसने अपने को संयत करते हुए कहा—'बेटी, इन चौंतीस वर्षों में जो ज्ञान मुझे कभी नहीं हुआ था, वह ज्ञान उस

दिन मधुपुर से लौटने पर मुझे एक क्षण में हो गया, जब मैंने तुझे उस रूप में देखा था। लोग कहते हैं—सिर पर बिजली गिरी, लेकिन इसका मुझे कोई ज्ञान न था। मैं न जानती थी कि वह कैसी होती है? मगर उस दिन मुझे जो पीड़ा हुई थी, उसकी आधी भी अगर बिजली गिरने से होती है, तो वह पीड़ा मेरे दुश्मन को भी न हो! तुझे मेरी सौगंध है, इस पोशाक को अब कभी मत छोड़ना! मालूम नहीं, किस पत्थर-दिल ने विधवा के लिए ऐसी पोशाक बनाई थी। आज मैं उसे कोसती हूं। भगवान करे, उसे भी अपनी छाती पर मेरी ही तरह आघात सहन करना पड़े! नहीं-नहीं, हेम बेटी, अब मुझे रोक मत! कल से फिर तुझे कुछ कहने नहीं आऊंगी। मेरी इच्छा है कि तेरे पिताजी के पास जाकर, तुझे सुखी देख सकूं।'

सुलोचना की आवाज गले में फंसने लगी थी। आंचल से हेम उसकी आंखें पोंछने लगी। बाहर जूते की आहट सुनकर हेम ने सिर पर पल्ला डाल लिया। तभी डॉक्टर ने गुणेन्द्र के साथ कमरे में प्रवेश किया। सुलोचना ने देखते ही जोर देकर कहा—'अब डॉक्टर की क्या जरूरत, गुणी? वहीं से 'फीस' देकर उन्हें विदा कर दो और तुम मेरे पास आकर बैठो!'

गुणेन्द्र ने तसल्ली देते हुए कहा—'अब आ ही गए हैं, तो कम-से-कम एक बार देख ही....'

'नहीं बेटा, अब मुझे तकलीफ मत पहुंचाओ, जाने दो उन्हें!'

अंग्रेज डॉक्टर कुछ समझ नहीं पाया, कुर्सी खींचकर वहीं बैठ गया और जेब से थर्मामीटर निकालने लगा। सुलोचना ने बेचैन होकर कहा 'इराकी अक्ल तो देखो! इस जरा-सी नली से मेरा इतना बड़ा बुखार देखेगा! जाओ गुणी, नंदा को भेज दो, किसी अच्छे वैद्य को बुला लाए। वह ठीक-ठीक बता सकेगा कि कब मेरे प्राण निकलेंगे।'

गैस की बत्ती का प्रकाश सुलोचना से सहा नहीं जाता था, इसलिए मोमबत्ती जलाई जाती थी। संध्या होते ही दासी ने शमादान लाकर मेज पर रख दिया। सुलोचना ने कहा—'आज की रात मेरी जिंदगी की आखिरी रात है। आज यदि अपने मन की सच्ची बात न कह सकी, आज भी अगर लज्जा-संकोच त्यागकर मुंह और मन को एक न कर पाई, तो भगवान मुझे और सजा दें! पर जो बिलकुल निर्दोष है, उसे कतई तकलीफ न दें! मेरा पाप मेरे साथ ही खत्म हो जाए।'

इसके बाद कुछ देर तक खामोशी छाई रही, फिर एक लम्बी सांस लेकर वह 'ओफ' कर बैठी। हेम घबराकर उसके मुंह पर झुक गई और बोली—'क्या बात है मां?'

सुलोचना ने दबी आवाज में कहा—'कुछ नहीं, बेटी! क्या तू अकेली ही है, हेम? गुणी का जो चेहरा मैंने अपनी आंखों से देखा है, पत्थर को भी शायद उस पर दया आ जाए। मगर मुझे न आई। उसने हम लोगों के लिए क्या नहीं किया! किंतु उन बातों में क्या, उसका जिक्र करना ही व्यर्थ है! कभी भी तू उसकी बात मत टालना बेटी, और न कभी उसके दिल को पीड़ा पहुंचाने की चेष्टा ही करना। इस बात को बिलकुल मत भूलना बिटिया, कि ऐसे व्यक्ति के दिल को दुखाने से, स्वयं भगवान के जी को दुःख पहुंचता है। जो उनका धर्म है वही तेरा धर्म है! यह मेरा आदेश नहीं है हेम, उनका हुक्म है, जिनके हुक्म से तुम दोनों, पहली ही मुलाकात में हमेशा के लिए एक-दूसरे के हो गए हो। छिः, इसमें शरम की क्या बात है? जो अंतर्यामी हैं, सबके मन में छिपे हुए बैठे हैं, उनकी उपेक्षा मत करो, उनकी अवज्ञा मत करो! उनका हुक्म मेरे भीतर भी बोल रहा था, पर मैं बहरी हो गई थी। उस समय अपने झूठे दर्प में, मैंने उसे अनसुनी कर दिया। उसे तिरस्कृत कर उनकी अवज्ञा की, इसीलिए आज भुगत रही हूं। तुम दोनों से मेरी यह अंतिम प्रार्थना है कि मेरे उस

अन्याय को, मेरे उस पाप को हमेशा के लिए स्वीकार करके, मेरे दुष्कर्म को चिरस्थायी मत बनाए रखना!'

तभी मानदा ने आकर सूचना दी—'मांजी, वैद्यजी आ गए हैं।'

सुलोचना ने धीमे से कहा—'जाकर उन्हें यहीं बुला ला! बेटी हेम, तू जरा बाहर चली जा!'

पांच

मां के मरते ही हेम के रहन-सहन में आश्चर्यजनक परिवर्तन हो गया। करीब रहते हुए भी वह जाने किस अज्ञात-सुदूर अंतराल के भीतर अपने को ढकेलने लगी। गुणेन्द्र हमेशा से सहनशील और खामोश रहता आया था। इस परिवर्तन को उसने लक्ष्य तो कर लिया, पर मौन होकर बर्दाश्त करता रहा। सहसा हेम की धर्म की ओर रुचि हो गई। नाटक-उपन्यास आदि पुस्तकें उसने उठाकर एक ओर रख दीं और रामायण, महाभारत, गीता और उपनिषदों में अपने को काफी डुबा लिया। मां की कसम को याद रखते हुए, उसने सफेद धोती तो नहीं पहनी और न ही कान के जड़ाऊ लटकन, हार और चूड़ियां ही उतारीं; लेकिन वैधव्य की अन्य कठोरताओं का वह श्रद्धा के साथ पालन करने लगी। सारी ज्यादतियों को छोड़कर, वह केवल एक बार, अपने हाथों से बनाया भोजन करने लगी। घर का आवश्यक काम-काज करने के बाद जो कुछ समय बचता, उसे धर्म-चर्चा में बिता देती। यदि कभी गुणेन्द्र करीब आकर बैठता भी, तो थोड़ी ही देर में किसी काम का बहाना बनाकर चल देती। इस प्रकार, मानो उसके साथ से डरती हो। उसके इस त्रस्त होकर भाग जाने से वह बात इतनी स्पष्ट हो जाती कि गुणी दंग होकर, शून्य नेत्रों से जंगले के बाहर देखता हुआ, स्तब्ध-सा

बैठा रह जाता। जैसे-जैसे दिन बीतते गए, उसके आचार-विचार के छोटे-छोटे काम भी सुदृढ़ आकार धारण करने लगे।

एक दिन वह अचानक बोली—'गुणी, मैं मंत्र-दीक्षा लेना चाहती हूं।'

गुणेन्द्र ने विस्मय से उसे निहारते हुए कहा—'कैसा मंत्र, गुरु मंत्र?'

'हां।'—संक्षिप्त उत्तर दिया हेम ने।

गुणेन्द्र ने हंसते हुए कहा—'डरने की कोई जरूरत नहीं हेम, आत्म-रक्षा के लिए तुम्हें नित नए कवच पहनने की आवश्यकता नहीं पड़ेगी!'

हेम शायद इस बात को समझ न पाई। कुछ क्षणों तक वह गुणी को ताकती रही, फिर बोल पड़ी—'गुरु-मंत्र की जरूरत नहीं है?'

गुणेन्द्र ने कहा—'क्यों नहीं, होती है; पर उस लायक तुम्हारी उम्र नहीं है। इसके अलावा, कौन तुम्हारा गुरु है—यह भी नहीं जानता।'

हेम ने कहा—'मुझे उन गुरुओं से कोई सरोकार नहीं। मैं तो केवल तुम्हीं से दीक्षा लूंगी!'

गुणेन्द्र ने विस्मय के साथ कहा—'मुझसे? मैं दीक्षा-वीक्षा क्या जानूं? इसके अलावा तुम हिंदू ठहरीं और मैं ब्रह्मसमाजी!'

हेम बोली—'यह सब मैं नहीं जानती। मां ने कहा था—जो तुम्हारा धर्म है, वही मेरा। अच्छा गुणी भैया, इसका क्या मतलब हुआ?'

मतलब बिलकुल साफ था। गुणी को सबकुछ मालूम था। पर उसे न बताते हुए, उसने स्वाभाविक ढंग से कहा—'शायद उनके कहने का आशय यह रहा हो कि सभी धर्म एक से ही हैं!'

हेम ने कहा—'लेकिन सभी धर्म एक कैसे हो सकते हैं?'

कुछ देर चुप रहकर गुणेन्द्र बोला—'हेम, इस विषय पर मैं दूसरों से कभी बहस नहीं करता।'

हेम बोली–'पर मैं तो गैर नहीं हूं।'

गुणेन्द्र ने अपना पक्ष बचाते हुए कहा–'तुम मेरी अपनी हो–लेकिन फिर भी मैं तुम्हारे साथ इस विषय पर कोई चर्चा नहीं करना चाहता।'

हेम ने गहरी सांस लेते हुए कहा–'तुम अगर नहीं बतलाओगे, तो कैसे जान पाऊंगी?'

गुणेन्द्र ने उसका उदास मुखड़ा देखकर थोड़ा नरम पड़ते हुए कहा–'तुम जानना क्या चाहती हो?'

हेम ने कहा–'गुणी भैया, जिस दिन मैंने हठपूर्वक तुम्हारी थाली में खाया था, उस दिन तुमने मुझे मना किया था और कहा था–यह तुमने अच्छा नहीं किया। जिसकी जो जात है, उसका पालन करना चाहिए, और आज यह कह रहे हो कि सभी धर्म एक हैं–कौन-सी बात सच मानूं?'

गुणेन्द्र ने बचते हुए कहा–'उसे दिन मैंने यूं ही कह दिया था। वैसे दोनों बातें सही हैं। जात और धर्म दो भिन्न चीजें हैं। एक तो सिर्फ लोकाचार है, जो केवल इह-काल की वस्तु है; लेकिन दूसरी इह-काल और पर-काल दोनों की है। लेकिन इसका यह मतलब कदापि नहीं कि धर्म का पालन करने से ही जात का पालन हो जाता है; और इसके विपरीत यह भी नहीं कि जात मानकर चलने से धर्म का पालन हो जाता है। जात न मानने से कष्टों का सामना करना पड़ता है। सभी उन कष्टों को नहीं सह सकते। और हमेशा इसकी जरूरत भी नहीं होती। इसीलिए तुमसे उस दिन यह बात कही थी।' कुछ देर चुप रहकर वह पुनः बोला–'हेम, ये दोनों चीजें बिलकुल अलग हैं और एक-दूसरे में मिली हुई भी। मिली हुई का आशय यह कि देश-भेद के साथ-साथ धर्म के अनेक रूप हो गए हैं। धर्म की जो मूल बात है, वह पर-काल

की बात है। 'मृत्यु ही हमारा अंत नहीं है'—यही वह मूल बात है। इसी बुनियाद पर तुम हिंदू होकर खड़ी हो और मैं ब्रह्मसमाजी होकर। सभी धर्म ईश्वर को मानते हों, ऐसी भी बात नहीं। सिर्फ मरने से ही छुटकारा नहीं मिल जाता, इस सत्य को हब्शियों के देश से लेकर लापलैण्ड देश तक सभी देशों के धर्म मानते हैं। मृत्यु के बाद की चिंता हम-तुम सभी करते हैं। हो सकता कि हमारे सोचने के तरीके अलग-अलग हों। पर चिंता की एक ही चीज है, वही हमारे मनों में घूमा करती है। मरते वक्त मां शायद इसी भावना से प्रेरित होकर वह उपदेश तुम्हें दे गई है।'

काफी देर चुप रहने के बाद हेम बोली—'सिर्फ सोचने से ही तो काम नहीं चलेगा, उसका उपाय भी तो जरूरी है?'

गुणेन्द्र ने कहा—'क्यों कहीं! इस उपाय की खोज में ही सारा झगड़ा है। तुम्हारे उपाय को मैं नहीं पसंद करता और मेरा तुम्हें पसंद नहीं आता। यह निज के अनुभव की वस्तु है, प्रमाण की नहीं।—इतना कह देने से ही यह बहस खत्म नहीं होती, झगड़ा भी खत्म नहीं होता। छोड़ो इन बातों को—हेम, तुम्हारी रसोई का वक्त हो गया।'

हेम बिना प्रतिवाद के, धीरे से उठकर चली गई। गुणेन्द्र उसे गौर से देखता रहा।

'गुणी भैया!'

गुणेन्द्र ने चौंकते हुए पूछा—'क्या बात है, हेम?'

हेम ने कहा—'अच्छा यह बताओ—मैं जिस मार्ग से चल रही हूं, क्या वह उचित है?'

'मैं कैसे निश्चित कर सकता हूं, हेम? वह तो तुम्हीं समझ सकती हो। यदि उसमें शांति मिलती हो, तो निश्चित रूप से वह ठीक है।'

'पर मुझे तो कुछ भी नहीं मिलता।'

उसके व्यथित शब्दों को सुनकर गुणेन्द्र की आंखों में आंसू उमड़

आए। उसने उन्हें रोकते हुए कहा—'तो फिर ऐसा क्यों करती हो?'

हेम ने सहज ही कहा—'मैं क्या जानूं गुणी भैया, कोई मुझे बरबस ही खींचे लिए जाता है। मानो कोई जबरदस्ती करता है मेरे साथ, और मैं अपने को रोक नहीं पाती।'

गुणेन्द्र क्या उत्तर दे, समझ नहीं पाया। फिर बोला—'सम्भव है, नया अनुभव होने के कारण कुछ तकलीफ हो रही हो; बाद में उसी में आनंद मिलने लगेगा।'

हेम ने जिज्ञासु होकर पूछा—'मिलेगा?'

'जरूर मिलेगा! धर्म में यदि सुख-शांति न मिली, तो फिर किस चीज में मिलेगी? मैं आशीर्वाद देता हूं। एक दिन तुम जरूर सुखी होगी।'

× × ×

खुली छत पर चांदनी में सीतलपाटी बिछाकर गुणेन्द्र लेटा हुआ था। हेम उसके पायताने आकर बैठ गई और कहने लगी—'तुम्हारे तलवे सहला दूं, गुणी भैया?'

'सहला दो'—कहकर गुणेन्द्र ने आंखें मीच लीं। चांदनी से चमकते हेम के चेहरे की ओर देखने का उसे साहस नहीं हुआ। तलुओं पर हाथ फेरती हेम पूछ बैठी—'गुणी भैया, क्या विछवा का ब्याह होना उचित है?'

आंखें बंद किए ही गुणेन्द्र ने कहा—'तुम्हारी क्या राय है?'

हेम बोली—'मैं कहने नहीं, बल्कि सुनने आई हूं।'

गुणेन्द्र ने उसे आड़े लेते हुए कहा—'तलुवों पर हाथ फेरना शायद उसी की भूमिका है!'

हेम ने स्वाभाविक ढंग से कहा—'नहीं, ऐसी बात नहीं है। तुम्हारे पैरों के करीब बैठते ही मुझे हाथ फेरने का लोभ हो आता है।'

गुणेन्द्र चुप हो गया। उसे अपने कानों पर विश्वास नहीं हो

रहा था।

हेम पूछ बैठी—'तुमने बताया नहीं!'

गुणेन्द्र इस बार भी चुप ही रहा। तलवे में एक हल्की-सी चुटकी लेते हुए हेम ने कहा—'जल्दी बताओ न?'

गुणेन्द्र बोला—'बताता हूं, पर पहले मेरी बात का तो जवाब दो?'

'क्या?'

'अपने पति से तुम्हें प्यार था?'

'बिलकुल नहीं। यह बात मेरे मन में कभी नहीं आई। वहां की एक पैसे की चीज मैं अपने साथ नहीं लाई। उनका दिया हुआ एक वस्त्र भी पहनकर नहीं आई। जो खाती थी उसका चौगुना दे आई हूं। बस, यही इतना संबंध था मेरा उनके साथ।'

गुणेन्द्र ने उसके मन की परीक्षा लेते हुए कहा—'लेकिन जो सती-साध्वी होती हैं, उनका अपने पति से अटूट प्रेम होता है। विधवा होने के बाद भी, वे दूसरा ब्याह नहीं करतीं। तुम्हारी मां की तरह वे भी मन में यह भावना रखती हैं कि मरकर पति के पास जाना है।'

हेम ने सफाई दी—'मुझे तुम लोगों ने जबर्दस्ती ब्याह दिया था। मैं भी सती-साध्वी हूं, क्योंकि मरते समय मैं भी—'तुम्हारे पास आ रही हूं' यह बात मन में रखूंगी। अच्छा, यह तो बता दो—क्या मरकर मैं तुम्हारे पास पहुंच सकती हूं?'

उसकी बातों में जड़ता नहीं थी, लज्जा भी रंचमात्र नहीं थी; मानो किसी दूसरे की बात कोई दूसरा कह रहा हो। पहले की हेम का आज की हेम से जैसे कोई संबंध ही न हो। गुणेन्द्र हैरत में पड़ गया। तभी हेम ने पुनः वही वाक्य दोहराया—'बताओ, तुम्हारे पास पहुंच सकती हूं या नहीं?'

गुणेन्द्र ने कहा—'नहीं।'

'क्यों?'

गुणेन्द्र बोला—'जाने मेरे कर्मों का फल मुझे कहां ले जाए, वह मैं स्वयं नहीं जानता। तुम्हारे कर्मों का फल तुम्हें कहां ले जाएगा, इसे तुम खुद नहीं जानतीं। मैं अपने कर्म-दोषों से, शायद मरने के बाद पशु होऊं और तुम फिर शायद ब्राह्मण-कन्या। तब तुम मुझे कैसे पा सकती हो? कर्म-फल यदि सच है, तो पति-पत्नी का चिर-संबंध कदापि सत्य नहीं हो सकता! हमारा यह काल्पनिक संबंध तो बहुत तुच्छ है। इतना भेद, इतना ऊंच-नीच तो स्वयं अपनी आंखों देख रही हो। बहुत सम्भव है कि यह कर्मों का फल ही हो! प्रेम का आकर्षण इसे मिटा नहीं सकता। इस संसार में जाने कितने पाखण्डी पतियों की स्त्रियां सती-साध्वी होती हैं। उनका पति मरकर बैल होता है, ऐसा शास्त्रों में लिखा है। फिर आखिर तुम चाहती क्या हो हेम? क्या तुम यह चाहती हो कि उसकी सती-साध्वी स्त्री, अपने शेष जीवन में अच्छे कर्म करके, मरने के उपरांत उस बैल के साथ गाय बनकर वास करे? ऐसा सम्भव नहीं! ऐसा होने से तो अच्छे-बुरे का कोई भेद ही नहीं रह जाएगा! स्त्री अपने भले कामों से स्वर्ग जाती है, और पति—हो सकता है—कर्मों का फल भुगतता हुआ जन्म-जन्मान्तर नरक में ही पड़ा रहे। हजार इच्छाओं के बावजूद, क्या एक जैसी गति होने का कोई उपाय हो सकता है, हेम?'

काफी देर सोचते रहने के बाद हेम धीरे से बोली—'तो क्या फिर मिलने का कोई रास्ता ही नहीं है?'

गुणेन्द्र ने जोर देकर कहा—'नहीं, उसकी फिर कोई जरूरत नहीं। इससे अच्छा तो यह है तो तुम उससे मिलने की कामना करो, जो सबसे बड़ा है और जिसके पास पहुंचने पर और कहीं भटकने की इच्छा नहीं रह जाती।'

चंद्रमा के प्रकाश में हेम ने देखा कि गुणी के नेत्रों से टप-टप आंसू गिर रहे हैं। उसके पैरों पर सिर रखकर वह उठी और प्रणाम कर चली गई। आज गुणेन्द्र को धिक्कार के साथ यह अनुभव होने लगा कि चिरकाल से उसने जिस सुअवसर की प्रतीक्षा की थी, उसकी आंखों के सामने से वह निकल गया है, हाथ बढ़ाकर वह उसे पकड़ भी न सका। हेम उससे कितना अटूट प्यार करती है—इस बात तो वह गहरे विश्वास के साथ जानता था। आज उसके मुंह से सब कुछ साफ-साफ सुनने पर भी वह अपने दिल की बात न कह सका। सुलोचना के मरने के बाद से, वह जो कुछ कहना चाहता था, वह नहीं कह पा रहा था। उसे प्रायः ऐसा महसूस होता था कि उसके पास जैसे कोई काली नागिन सो रही है, जो छू जाने पर फन उठाकर खड़ी हो जाएगी। इसी से जो भय उसका हाथ पकड़े हुए था, आज के ऐसे मौके पर भी उसी ने मानो उसका हाथ बढ़ने नहीं दिया।

नित्य सवेरे नहाने के बाद, हेम उसे प्रणाम करने आया करती थी। दूसरे दिन जब वह सामने आई, तो गुणेन्द्र ने संकोच तोड़ते हुए उससे पूछा—'हेम, कल तुमने विधवा-विवाह की बात किसलिए पूछी थी?'

हेम बोली—'एक अखबार में पढ़ा था।'

गुणेन्द्र ने पूछा—'क्या तुम उसे अच्छा समझती हो?'

हेम ने संक्षेप में कहा—'राम, राम, भला यह भी कोई ब्याह है!'

गुणेन्द्र ने छूटते ही पूछा—'क्यों नहीं! हिंदुओं के अलावा, दुनिया की सभी जातियों में विधवा-विवाह होता है!'

'होता होगा, हमें इससे क्या?'—कहती हुई हेम जाने लगी कि तभी गुणेन्द्र ने उसे बुलाते हुए कहा—'एक बात और कहनी है, हेम!'

हेम ने मुड़ते हुए पूछा—'क्या?'

'तुम्हारी उम्र कितनी है?'

'सोलह!'

'इतनी छोटी-सी उम्र में क्या हमेशा संन्यासिनी ही बनी रहोगी?'

हेम ने मृदु मुस्कान बिखेरकर कहा–'और करूं ही क्या? जैसी मेरी किस्मत, वैसी ही तुम्हारी बुद्धि! किसे दोष दूं?'

कुछ क्षणों तक गुणेन्द्र हेम के चेहरे की ओर देखता रहा, फिर बोल पड़ा–'और कोई रास्ता नहीं है?'

'नहीं, कोई भी रास्ता नहीं!'–कहने के साथ ही वह चली गई।

दिन-पर-दिन ज्यों-ज्यों परिपूर्ण यौवन हेम की देह के कोने-कोने में भरकर मचलने लगा, त्यों-त्यों उसका धर्म-कर्म उसका अतिक्रमण कर आगे बढ़ने लगा। गुणेन्द्र ने यह सब देखा, पर कुछ कह न सका। हेम के अंदर मानो एक ऐसा यंत्र था, जिसके कारण सभी उससे भीतर-ही-भीतर डरते थे। उसकी मां भी उससे डरती थी और गुणी भी।

कई दिन बाद, एक दिन गुणी कचहरी जाने की तैयारी कर रहा था कि तभी हेम सामने आकर खड़ी हो गई। अलमारी खोलकर चैकबुक निकालकर गुणेन्द्र के हाथों में देती हुई बोली–'लौटते समय बैंक से पांच सौ रुपए निकालते आना।'

गुणेन्द्र ने 'अच्छा' कहते हुए चैकबुक जेब में रख ली।

वह चलने को हुआ, तभी हेम ने कहा–'ठहरो, घर-खर्च के लिए भी तो रुपए चाहिए! दो सौ और निकाल लेना।'

गुणेन्द्र ने आश्चर्य से पूछा–'वो पांच सौ किस बात के लिए हैं?'

हेम न कहा–'वे रुपए! कल काशी जा रही हूं न?'

गुणेन्द्र कुर्सी पर बैठता हुआ बोला–'कल काशी जा रही हो? इसके लिए तुमने किसी की राय लेना भी जरूरी नहीं समझा?'

हेम अप्रतिभ होती हुई बोली–'तुम्हारी आज्ञा लेकर ही जाऊंगी।'

गुणेन्द्र ने कहा–'जब तय कर चुकी हो कि कल जाना है, तो

फिर आज्ञा कब लोगी? और साथ में कौन जाएगा?'

हेम ने कहा—'मानदा और दरबान जाएंगे। आज रात को तुमसे इस विषय में बातें करना चाहती थी, कल चली जाऊं न, गुणी भैया?'

'अच्छा, चली जाना!'—कहता हुआ गुणेन्द्र कचहरी चला गया।

शाम को नोट और रुपए अलमारी में बंद करने के बाद, हेम गुणेन्द्र के कमरे में पहुंची और कहने लगी—'कल नहीं जा सकूंगी।'

'क्यों?'

'आज दोपहर को महाराज के घर से तार आया था। उसकी मां बहुत बीमार है। मैंने उसे तीन महीने का अग्रिम वेतन देकर छुट्टी दे दी है। वह गांव चला गया।'

'रसोई कौन बनाएगा अब?'

'जब तक कोई दूसरा प्रबंध नहीं होता, तब तक मैं ही बनाऊंगी। अब तुम ब्याह कर लो, गुणी भैया!'

'किसलिए?'

'क्यों? ब्याह नहीं करोगे, तो गृहस्थी कौन सम्भालेगा? तुम्हारी देख-भाल कौन करेगा?'

'तुम।'

हेम हंसती हुई बोली—'मैं क्या चिरकाल तक इस घर की जिम्मेदारी निभाती रहूंगी? मुझे कुछ और नहीं करना है क्या?'

'मेरी देख-भाल करना क्या तुम्हारा फर्ज नहीं है?'

हेम ने हंसते हुए कहा—'मैं बहस नहीं कर सकती। नहीं-नहीं, ऐसा मुझसे न होगा। तुम्हारे समाज में एक-से-एक अच्छी लड़कियां मिलती हैं, किसी को देख-भालकर ब्याह कर लो।'

गुणेन्द्र बोला—'अच्छा! तुम भी ब्याह करो, मैं भी ब्याह करूं!'

हेम की सारी हंसी क्षण-भर में विलीन हो गई। गंभीर होकर वह

बोली—'राम, राम, यह कैसा मजाक कर रहे हो, गुणी भैया? भविष्य में ऐसी बातें कभी जुबान पर मत लाना।'

छः

दो महीने काशी में रहने के बाद, गुणेन्द्र की बीमारी की खबर पाकर हेम कलकत्ता वापस लौट आई। सेवा-सुश्रूषा करके उसने कुछ ही दिनों में गुणेन्द्र को चंगा कर दिया।

बाहर मूसलाधार बारिश हो रही थी। खाट पर बैठा गुणेन्द्र, कांच की खिड़की से उसे देख रहा था और हेम के विषय में सोच रहा था। एक परिवर्तन उसने देखा। पहले वह रोज सवेरे आकर उसे प्रणाम करती थी, पर इस बार वह नहीं आई। मानदा से जब उसने हेम को बुलवाया, तो उसने लौटकर कहा—'जीजी जाप कर रही हैं।'

दो घंटे बाद हेम स्वयं हाजिर हुई। बोली—'मुझे बुलाया था?'

गुणेन्द्र ने कहा—'हां, बैठ जाओ।'

हेम ने तुरंत कहा—'पर अभी तो मेरा जप पूरा नहीं हुआ।'

'दो घंटे हो गए, अभी तक जप पूरा नहीं हुआ?'

'इतनी देर में क्या होगा? गुरुजी ने कहा था—कम-से-कम दो हजार जप करने चाहिएं!'

'गुरु ने बताया था? कौन गुरु हैं?'

हेम ने कहा—'जिनसे काशी में मैंने गुरु-मंत्र लिया है। गुरु काशीवासी संन्यासी हैं। उन्हें देखकर फिर संसार के झंझटों में आने की इच्छा नहीं होती। अहोभाग्य! जाने कब फिर उनके दर्शन होंगे, यही सोचती रहती हूं। इच्छा होती है कि कल-परसों की काशी लौट जाऊं।'

कुछ देर चुप रहकर गुणेन्द्र बोला—'कल-परसों कैसे चली जाओगी? अभी तो मैं अच्छा भी नहीं हुआ। कौन मेरी देख-भाल करेगा, हेम?'

हेम ने अप्रतिभ होकर कहा—'घबराने की कोई बात नहीं, दो-चार दिनों में ही तुम पूरी तरह से अच्छे हो जाओगे।'

'कम-से-कम उतने ही दिनों के लिए रह जाओ न!'

'अच्छी बात है, रुक जाऊंगी!'—कहकर हेम जाने लगी, तो गुणेन्द्र ने उसे अपने पास बुलाते हुए कहा—'अच्छा सुनो, कल-परसों ही चली जाओ; पर यह तो बता दो कि फिर कब तक लौटकर आओगी?'

'अब शायद जल्दी न आ सकूंगी। तुम सौ रुपया महीना मुझे भेज दिया करना। उसी से मेरा खर्च चल जाया करेगा, उससे कम में नहीं।'

गुणेन्द्र ने कहा—'रुपए की बात नहीं है, हेम! तुम्हें सौ क्या दो सौ भी भेजूंगा। पर क्या तुम सचमुच लौटकर नहीं आओगी?'

'किसलिए आऊंगी?'

'मेरे मरने की सूचना पाकर तो आओगी?'

हेम ने दुखित होकर कहा—'ऐसी अशुभ बात क्यों मुंह से निकाल रहे हो, भैया?'

गुणेन्द्र ने उसे समझाया—'कौन जाने हेम, कब किसका अंत हो जाए? इसलिए समय आने के पहले ही बता देना उचित है। मेरी सारी वसीयत तुम्हारे ही नाम होगी। यह मकान भी तुम्हारा ही रहेगा। अगर तुम फिर कभी वापस आओ, तो इसी मकान में, इसी कमरे में सोना—बस, इतनी ही मेरी प्रार्थना है तुमसे।'

हेम कुछ कहना चाहती थी, पर उसे मन-ही-मन पीती हुई बोली—'मैं कहती हूं भैया, इस बात का कोई खतरा नहीं है। तुम कमजोर हो न अभी, इसीलिए ऐसी बातें सोच रहे हो।'

'शायद ऐसा ही हो!'—कहकर गुणेन्द्र बाहर होती हुई बारिश को देखने लगा। हेम मन में विषाद लिए कमरे के बाहर चली गई।

शाम अधिक हो जाने पर भी गुणेन्द्र के कमरे में अंधेरा देख, हेम ने गुस्से में भरकर पुकारा—'नंदा, बाबू के कमरे की बत्ती क्यों

नहीं जलाई?'

गुणेन्द्र ने भीतर ही से कहा—'मैंने मना कर दिया था।'

नंदा दौड़कर हेम के पास आई। उससे शमादान जला लाने को कहकर, हेम अंधेरे कमरे में प्रविष्ट हुई और अंदाज से गुणी के पायताने आकर बैठ गई। नंदा शमादान जलाकर मेज पर रख गई। हेम ने गुणेन्द्र के पांवों पर हाथ रखे ही थे कि उसने पैर हटा लिए। हेम ने अधीर होकर पूछा—'अब मुझे अपने चरण नहीं छूने दोगे?'

गुणेन्द्र बोला—'जरूरत ही क्या है अब? शायद तुम्हारे गुरु ने मना किया हो!;

हेम फौरन समझ गई कि इस बार काशी से आने के बाद उसने गुणी भैया के पांव नहीं छुए, इसी को लक्ष्य करके कहा जा रहा है। मगर वह कुछ उत्तर न दे पाई, चुपचाप बैठी रही। कुछ देर चुप रहने के बाद वह बोली—'गुणी भैया, मुझसे नाराज हो क्या?'

'मैं किसी दिन तुम पर नाराज हुआ हूं?'

हेम व्यथित हो उठी और बोली—'और कभी नहीं हुए, लेकिन आज ऐसी बातें क्यों कर रहे थे?'

'कैसी बातें?'

'वसीयत की, और जाने क्या? मैं कहती हूं—तुम अच्छे हो जाओगे, भैया! घबराओ नहीं!'

गुणेन्द्र ने मुस्कराते हुए कहा—'अच्छा न होऊंगा, क्या इसलिए घबराता हूं? यह तुम क्या कह रही हो?'

हेम आंखों में आंसू भरकर बोली—'तुम्हारे पैरों पड़ती हूं भैया, तुम अपने मुंह से ऐसी बातें मत करो! अगर तुम अच्छे न हुए, तो मैं किसके सहारे जीऊंगी?'

'और अगर मैं यही पूछूं तो? तुम्हें पकड़ रखूं, न जाने दूं—तब?'

हेम कुछ सोचने लगी। फिर बोली—'मुझे रोकने से क्या फायदा

होगा तुम्हारा?'

'फायदा!'—आगे गुणी कुछ न कह पाया, खामोश हो गया। पानी की बड़ी-बड़ी बूंदें खिड़की पर पड़ रही थीं। एकाएक हवा का एक तेज झोंका आया और मेज पर रखे शमादान से जा टकराया। नीचे नौकरों का शोरगुल सुनाई देने लगा, फिर भी दोनों मौन बैठे रहे। गुणेन्द्र बचपन से स्वाभिमानी और संयमी था। अपने धैर्य का वह खूबी से पालन कर रहा था। सुलोचना के अंतिम आशीर्वचन, उसी दिन से उस बांध की नींव में चूहे की तरह घुसकर बराबर बिल खोदते आ रहे थे, और उनमें नदी का पानी घुस-घुसकर लम्बी-लम्बी दरारें बनाता चला आ रहा था। कब किस वक्त यह सब सारा-का-सारा ढह जाएगा, कुछ ठीक नहीं था। उन्मत्त हो रही बाह्य प्रकृति की ओर देखकर, एक बार उसने शुरू से आखिर तक समझना चाहा; परंतु उसके बीमार शरीर और कमजोर दिमाग ने उसे कोई बात समझने का मौका ही नहीं दिया।

तभी अचानक हेम बोल उठी—'गुणी भैया, चुप क्यों हो गए? कुछ बोलो न!'

'कुछ नहीं, कुछ नहीं, तुमसे कहने योग्य नहीं है! तुम नहीं समझोगी! लेकिन अगर कभी तुम्हारी मति बदले और मैं जीता रहूं, तो.... ।'

हेम जरा और करीब सरकती हुई बोली—'मैं समझती हूं! हाय री किस्मत, जो रक्षक है, वही भक्षक भी हो गया है! आखिर तुम्हीं मुझे दुर्गति की ओर खींच ले जाना चाहते हो!'

गुणेन्द्र एक मोटे तकिए के सहारे बैठा था। उसकी आंखें सुर्ख हो उठीं, वह सीधा बैठ गया और बोला—'छिः हेम, कुछ समझकर बात करो! यह कैसी बातें कर रही हो?'

बिजली की तरह तेजी से उठती हुई हेम बोली—'समझकर ही कह रही हूं! तुम जिस बात को घुमा-फिराकर कहना चाहते हो, उसे मैं

साफ-साफ कहती हूं! तुम मुझे नष्ट करना चाहते हो! विधवा का ब्याह कैसा? मैं कोई बच्ची थोड़े ही हूं, जो धर्म को जानते हुए अधर्म की ओर पैर बढ़ाऊं! मुझे तुम्हारे रुपए नहीं चाहिए, तुम्हारा आश्रय नहीं चाहिए, कुछ भी नहीं चाहिए तुम्हारा! मैं ससुराल लौटकर, आंगन बुहारकर पेट भर लूंगी; मेरे लिए वह कहीं अच्छा है! पर तुम्हारे इस ऐश्वर्य की मुझे कोई जरूरत नहीं! भगवान करे, मुझे कुमति न हो! उस दिन तुम्हारी बुद्धि को क्या हो गया था? उस दिन क्यों नहीं इसी तरह कह दिया?'

गुणेन्द्र उसी प्रकार संयत शब्दों में बोला—'हेम, मुझसे गलती हो गई। मुझे क्षमा कर दो! मैं पीड़ित हूं, इसे तो सोचो!'

'सोच लिया! माफ तो करूंगी ही, आज नहीं तो दो दिन बाद सही! पर अब तुम्हारे साथ संबंध नहीं रख सकूंगी! कल मैं वहीं लौट जाऊंगी, जहां से दर्प के साथ लौट आई थी; और जिस प्रकार भी बन पड़ेगा, वहीं पड़ी रहूंगी। यही समझूंगी कि वही मेरी काशी है, वही मेरा बैकुण्ठ है! तुम मुझे माफ कर दो गुणी भैया, मैं जाती हूं!'

हेम चली गई। गुणी जैसे-का-तैसा बैठा रहा। बिजली के मारे ताड़ वृक्ष की-सी स्थिति थी उसकी। ठीक उसी प्रकार, जैसे भीतर से जला हुआ ठूंठ खड़ा रहता है। उसमें पड़े रहने की शक्ति भी क्षीण पड़ गई थी।

सात

दुर्गा पूजा फिर आई। सुबह तड़के उठकर, जंगले के पास खामोश खड़ी हेम, पूर्व की अरुणिमा देख रही थी। मुहल्ले में पास ही कहीं नौबत बज रही थी। उसका राग, शरत् की करुणा के साथ मिलकर उसके सारे शरीर में समाया जा रहा था। उसकी आंखों से आंसू गिरने लगे। काफी दिन हो गए थे, गुणेन्द्र की उसे कोई खबर नहीं मिली थी।

मन-ही-मन वह सोचने लगी—जाने गुणी भैया कहां होंगे, किस हालत में होंगे! कलकत्ता से आते समय, गुणेन्द्र ने रोते हुए उससे आग्रह किया था—'हेम, दो दिन रुक जाओ! नाराज होकर मत जाओ!' उन आंसुओं की कीमत उस समय उसने न आंकी। बीमारी की हालत में, कमजोरी होने पर भी गुणेन्द्र नीचे सड़क तक उतर आया था और उसे समझाया भी था—'हेम, तुम्हारा मन अभी स्वाभाविक अवस्था में नहीं है। कारण कुछ भी हो, किंतु विकृत अवश्य हो गया है। इसीलिए कह रहा हूं—वापस लौट चलो, कम-से-कम एक दिन के लिए ही रुक जाओ!' लेकिन हेम ने एक न मानी, गाड़ी पर जा बैठी! गुणेन्द्र ने गाड़ी के करीब आकर अंतिम प्रार्थना की थी—'हेम, सम्भव है कि तुम्हारा यह व्यवहार, सदा के लिए तुम्हारे हृदय में कांटे की तरह चुभता रहे! मैं अपने लिए कुछ नहीं कह रहा हूं, तुम्हारे लिए ही कह रहा हूं! मेरा कहा मान लो और गाड़ी से उतर आओ, केवल आज भर के लिए!' मगर हेम ने उसकी बात का कोई उत्तर नहीं दिया और कोचवान से गाड़ी हांकने को कह दिया था। यह बात सोच, हेम अपने बिस्तर पर आई और बहुत देर तक रोते-रोते उसने अपने बाल तर कर लिए। अंत में उसकी पुतलियां भारी पड़ने लगीं और वह सो गई। इतने दुःख का एक कारण भी था। तीर्थ जाने के लिए, नौकरानी भेजकर उसने मुनीम से पचास रुपए मंगवाए थे। मुनीम ने कहलवा भेजा—'बिना छोटे बाबू की आज्ञा के मैं रुपए नहीं दे सकता!' हेम देवर के साथ बोलती नहीं थी, किवाड़ की ओट से उसने पूछा—'लालाजी, क्या मुनीमजी मेरे मांगने पर पचास रुपए भी नहीं दे सकते?'

देवर ने कहा—'नहीं, आपको केवल खाने-पहनने का हक है, रुपए नहीं मिल सकते!'

हेम बोली—'क्या हक है और क्या नहीं, यह मैं नहीं समझती हूं

लालाजी! तुम्हारे साथ रुपए-पैसे के लिए मामला-मुकदमा करने की मेरी ख्वाहिश नहीं है, मगर इसके यह माने नहीं कि तुम मुझे बेबस समझो! देना चाहो तो दे दो, नहीं तो इतना बताए देती हूं कि रुपयों का ही अगर कोई जोर हो, तो मैं दुश्मनी करके, तुम्हारे घर की एक-एक ईंट उखड़वाकर गंगाजी में प्रवाहित करा दूंगी।'

थोड़ी देर बाद रुपए आ गए, पर हेम ने लिए नहीं; मारे गुस्से से उन्हें आंगन में फेंक दिया और कमरे में आकर, किवाड़ बंद कर रोने लगी। तमाम दिन उसने कुछ खाया-पिया नहीं, बिस्तर पर ही पड़ी रही। भीतर-ही-भीतर किसी को याद कर रोने लगी। सुबह सात बजे उसकी नींद खुली। स्नान करके के बाद संध्या करने बैठी ही थी कि तभी नौकरानी ने आकर सूचना दी—'बहूजी, तुम्हारे भाई के यहां से चार-पांच जने सौगात लेकर आए हैं।' और तभी मानदा ने भीतर आकर प्रणाम किया। मानदा का मुंह देखते ही वह सारे दुःख-दर्द भूल गई और उसे गले से लगाती हुई, बच्चों की भांति रोने लगी। कल से ही उसके आंसू सूख नहीं रहे थे; आज मानदा को पाकर वे बाढ़ की तरह बह चले—जैसे सब कुछ बह चला हो! मानदा को अपने कमरे में ले जाकर उसने कहा—'गुणी भैया ने क्या चिट्ठी दी है, ला—दे!'

मानदा बोली—'चिट्ठी तो नहीं दी!'

हेम को विश्वास नहीं हुआ। वह पुनः बोली—'नहीं दी?'

मानदा ने कहा—'नहीं जीजी, उनसे उठा-बैठा नहीं जाता, तो चिट्ठी कैसे लिखेंगे?'

हेम का चेहरा एकदम उतर गया। अपने को सम्भालती हुई वह बोली—'क्या हो गया है उनको?'

'क्या बताऊं, जीजी!'—कहने के साथ ही मानदा रो पड़ी। हेम ने रूखे शब्दों में कहा—'रो लेना बाद में, पहले कुछ बता दो!'

उसने पूर्ववत् रोते हुए कहा—'क्या बताऊं जीजी, तुम्हारे आने के दूसरे दिन बाद से ही उन्हें पुनः ज्वर आने लगा। अच्छे हो गए, मगर फिर बुखार ने धर दबाया। कभी अच्छे हो जाते हैं, कभी बुखार आ जाता है। मालूम नहीं लौटने घर उन्हें देख भी पाऊंगी कि नहीं—इस बात का भी कोई भरोसा नहीं!'

हेम ने पूछा—'और कैसा हालचाल है?'

मानदा ने बताया—'हाल की मत पूछो, जीजी! उनकी बीमारी की सूचना पाकर वर्द्धमान से या न जाने कहां से कोई मौसी आईं, उसके बाद मौसा आए, उसके बाद मौसेरे भाई, बहू, बहन-बहनोई सब आ धमके, कोई बाकी न बचा! घर में अब जगह भी नहीं रही।'

'मैं विदा कर दूंगी सबको, आगे बता!'

'सब मजे से खा-पी रहे हैं, मौज मार रहे हैं। बाबू ऊपर के कमरे में बीमार पड़े हैं, न कोई डॉक्टर आया है, न वैद्य ही; न कोई दवा हो रही है, न कोई पथ्य का ही प्रबंध है। सुना है—हवा बदलने से लाभ होगा, पर ले कौन जाए?'

हेम ने पूछा—'तुम सबके-सब क्या कर रहे थे? नंदा क्यों नहीं ले गया?'

मानदा ने सिर ठोंकते हुए कहा—'वही बाबूजी का सबसे पुराना नौकर था, पर मौसीजी के लड़के अभय ने उसे मार-पीटकर निकाल दिया। छोकरा शराब पीता है, किसी-किसी दिन ऐसा ऊधम मचाता है कि उसके डर के मारे कोई घर के बाहर नहीं निकल सकता! उससे बाबूजी तक डरते हैं!'

कुछ देर चुप रहने के बाद हेम बोली—'एक बात सच-सच बताना बहन! मेरे गुणी भैया बच तो जाएंगे न?'

'क्यों नहीं, जीजी! चलकर देख-भाल करो, दवा-दारू, इलाज का

प्रबंध करो, जरूर अच्छे हो जाएंगे! वरना इस तरह से कितने दिनों और चलेंगे?'

हेम आंखें बंद किए कुछ देर तक सोचती बैठी रही, उसके बाद उठती हुई बोली—'मानदा, तुम्हारे पास जाने के लिए रुपए हैं?'

'हैं, हैं, क्यों नहीं! तुम तो जानती हो जीजी, बाबू एक की जगह दस देकर भेजते हैं, रुपए मेरे ही पास हैं।' कहकर उसने आंचल में बंधे हुए नोट दिखलाए।

हेम ने उससे पूछा—'कब जाओगी? कल न?'

नंदा बोली—'हां जीजी, कल ही जाना पड़ेगा! मैं ही तो एक रह गई हूं उनके निकट। घर में मैं ही पुरानी हूं, बाकी तो सब नए हैं। कोई टिकने थोड़े ही पाता है! जैसी मौसी है, वैसा ही उनका लड़का है और वैसी ही उनकी बहू-बेटी। विधाता ने मानो उन्हें एक ही सांचे में ढाल दिया है। मेरे प्राण तो बहुत कड़े हैं, इसीलिए अब तक टिकी हुई हूं। छोकरा अभय एक दिन मुझे भी मारने को उठा था। बाबू के लिए कहता है कि मर जाएं तो बला टले!'

हेम की आंखों के सामने चिनगारियां नाचने लगीं। उसने कहा—'तू मुझे पहुंचा तो दे! स्टीमर कब छूटता है, कुछ मालूम है तुझे?'

मानदा बोली—'घंटे-भर बाद ही छूटेगा, आते वक्त मैंने पूछा था।'

'तो चल, तैयारी कर! मैं भी तैयार हो लूं, तू गाड़ी बुला ले!'

'आज ही चलोगी, जीजी? दिन तो अच्छा नहीं है आज!'

'सब ठीक है! देर मतकर, गाड़ी बुला ला!'

× × ×

उसी दिन शाम को, अभय की मां थाली परोसकर, उससे दो पूड़ी और खाने का अनुरोध कर रही थी। बगल में ही ऊपर जाने की सीढ़ी

थी। अपरिचिता हेम को देखते ही मौसी ने विस्मय से कहा—'कौन हो तुम, बेटी?'

'मैं परदेशी हूं'—कहती हुई हेम सीधे ऊपर चली गई। अभय उसके सुंदर रूप को भेड़िये की तरह घूरता रहा।

गुणेन्द्र के कमरे में आकर हेम ने देखा—वह दीवार की ओर मुंह किए लेटा था। जाग रहा था या सो रहा है, कुछ समझ न पाई वह। सिरहाने चाबियों का गुच्छा पड़ा था। उसे उठाकर हेम ने आंचल में बांध लिया। टेबल पर दवाइयों की दो-तीन खाली शीशियां पड़ी थीं। उठाकर देखीं—लेबिल पर पंद्रह दिन पहले की तारीख पड़ी थी। उसकी समझ में सब कुछ साफ-साफ आ गया। इसके बाद लोहे का संदूक खोलकर, चैक-बुक निकालकर वह कटी हुए चैकों के व्यवहृत अंशों को मिला रही थी कि तभी मौसी आकर अचम्भे के साथ चिल्लाकर बोल पड़ीं—'कौन हो तुम, क्यों संदूक खोल रही हो?'

हेम बोली—'चिल्लाती क्यों हो? उनकी नींद खराब हो जाएगी!'

मौसी ने और जोर से चिल्लाते हुए कहा—'बड़ी आई—चिल्लाती क्यों हो!'

गुणेन्द्र जाग रहा था। उसने धीरे से करवट बदली। हेम ने कहा—'मैं नहीं खोलूंगी तो और कौन खोलेगा? क्या तुम खोलोगी?'

गुणेन्द्र सबकुछ देख रहा था। दोनों में से किसी ने भी उधर ध्यान नहीं दिया। मौसी आपे से बाहर हो गई थीं। गुणेन्द्र ने धीमे स्वर में कहा—'हेम, तुम कब आईं?'

'अभी आ रही हूं। इनसे कह दो कि तुम्हारी तिजोरी खोलने के कारण किसी बाहरी आदमी को कमरे में आकर शोर-गुल नहीं मचाना चाहिए। अच्छी तरह से समझाकर इन्हें यहां से जाने को कह दो!'

गुणेन्द्र सबकुछ समझ गया। हंसता हुआ बोला—'जान पड़ता है—उसी नाते से, इतने दिनों बाद संदूक खोलने आई हो!'

चैक-बुक के पन्ने गिनते हुए हेम ने कहा—'हां!'

मौसी ने पूछा—'यह हौन है, गुणी?'

'मेरी अच्छी बहन!'

जवाब सुनते ही हेम कांप उठी। उसने आंख उठाकर एक बार गौर से गुणेन्द्र के चेहरे की ओर देखा, फिर सिर नीचा कर लिया।

मौसी ने आश्चर्य से पूछा—'कैसे? अभी तक तो मैंने नहीं सुना था! कैसी बहन है?'

गुणेन्द्र ने संक्षेप में कहा—'रूठकर चली गई थी, मौसी! सब कुछ उसी का है।'

मौसी को विश्वास न हुआ। उनकी कुछ समझ में नहीं आया। मगर वे चुपचाप नीचे उतर आईं। उनके चले जाने पर गुणेन्द्र ने हेम की ओर बिना देखे ही कहा—'मरते समय अचानक यह ख्याल तुम्हारे मन में कैसे आ गया?' इतना कहने के साथ ही, उसका चेहरा देखकर वह डर गया। हेम का चेहरा उतर गया था। मानो किसी क्रुद्ध तपस्वी के शाप से वह अचानक पाषाण बन गई हो।

गुणेन्द्र ने डरते हुए आवाज लगाई—'हेम!'

हेम ने कोई उत्तर नहीं दिया, हिली-डुली भी नहीं, जमीन की ओर एकटक ताकती हुई वह बैठी रही।

गुणेन्द्र ने अत्यंत अधीर होकर पुनः आवाज दी—'हेम, सुनो तो!'

उत्तर में हेम केवल एक गहरी सांस ले, स्थिर होकर ज्यों-की-त्यों बैठी रही। गुणेन्द्र थोड़ी देर बार खाट से उठकर, धीमे कदम रखता हुआ हेम के सामने आकर खड़ा हो गया। उसका सामने आना था कि हेम उसके पैरों पर गिर पड़ी और चरणों से लिपटकर रोने लगी। उसके मुख से निकल पड़ा—'बिना कसूर के मुझे सभी सज़ा देते हैं, तुम भी दोगे—ऐसा तो मैंने स्वप्न में नहीं सोचा था।

गुणेन्द्र खामोश रहा। सावन के कजरारे बादलो की तरह, काले

बालों ने उसके पांव ढक रखे थे। कुछ क्षणों तक वह यूं ही खड़ा रहा। उसके बाद आहिस्ते से बैठ गया। हेम के माथे पर हाथ फेरता हुआ, शांत स्वर में वह बोला—'तुम्हें क्या सज़ा दूंगा, हेम! तुमने मुझसे प्यार किया था, इसीलिए मैं अपने को भी सज़ा नही दे सका! यह सज़ा नहीं है बहन, चार वर्षों की घोर यातना के बाद, मरने से पहले मुझे शांति मिल गई है और अंत समय में उस दुर्लभ वस्तु को तुम्हें दे जाऊंगा। चलो, काशी चलने की तैथारी करो!'

हेम मुंह छिपाकर रोने लगी। कुछ हल्की होने पर बोली—'चलूंगी! पर यह तुम्हारी अंतिम आज्ञा है? क्या मैं सह पाऊंगी इसे?'

गुणेन्द्र ने धीरज बंधाते हुए कहा—'जरूर सह लोगी! जब तुम यह समझोगी कि हमारे प्रेम को अमर करने के लिए, विच्छेद ने सिर्फ तुम-जैसी ऐश्वर्यशालिनी के सामने ही हमेशा हाथ पसारे हैं, वह क्षणिक है कि क्षुद्र प्रेम मन-मंदिर की झोंपड़ी में अवज्ञा से कभी न नष्ट हुआ था, तब तुम सह सकोगी! जब तुम यह समझोगी कि अमरता पाने की चाह ही महज प्रेम की प्राण है, इसी के द्वारा वह अमरत्व प्राप्त कर, युग-युग में जाने कितने काव्य, कितनी मिठास, कितने अमूल्य संचित आंसू छोड़ जाता है—जब इस बात का अनुभव कर सकोगी कि क्यों राधा का शत-वर्ष व्यापी विरह वैष्णव-साहित्य का प्राण है, क्यों मिलन के अभाव में भी वह प्रेम सुसम्पूर्ण तथा मधुर है, तब सबकुछ सह लोगी तुम! उठो, चलो, आज ही हम काशी चलें! थोड़ा-सा जीवन तो शेष रह गया है, उन दिनों की यह अंतिम सेवा तुम्हारे भावना के आशीर्वाद से अक्षय होकर, तुम्हें आजीवन शांतिपूर्वक सुमार्ग की ओर ले चलेगी और तब तुम सुखी रह सकोगी!'

□□□